主编 凌翔　　　　　　　　当代著名作家美文自选集

淡墨清音

吴瑛 著

民主与建设出版社
·北京·

© 民主与建设出版社，2019

图书在版编目（CIP）数据

淡墨清音 / 吴瑛著 . —北京：民主与建设出版社，2019.12

ISBN 978-7-5139-2779-6

Ⅰ.①淡… Ⅱ.①吴… Ⅲ.①随笔—作品集—中国—当代 Ⅳ.① I267.1

中国版本图书馆 CIP 数据核字（2019）第 248334 号

淡墨清音
DANMO QINGYIN

出 版 人	李声笑
著　　者	吴　瑛
责任编辑	周佩芳
封面设计	陈　姝
出版发行	民主与建设出版社有限责任公司
电　　话	（010）59417747　59419778
社　　址	北京市海淀区西三环中路 10 号望海楼 E 座 7 层
邮　　编	100142
印　　刷	唐山楠萍印务有限公司
版　　次	2020 年 1 月第 1 版
印　　次	2020 年 1 月第 1 次印刷
开　　本	710 毫米 ×1000 毫米　1/16
印　　张	13
字　　数	200 千字
书　　号	ISBN 978-7-5139-2779-6
定　　价	49.80 元

注：如有印、装质量问题，请与出版社联系。

序言　往后余生

下午刚要上班，姐姐说，妈妈在你店铺里等你。

妈妈在姐姐那里帮忙做盒饭，又租得两亩地，种些蔬菜瓜果，晚上还帮我折叠店铺里的赠品名片一类的，已经这么忙了，犹嫌不够，还在下午稍闲时，帮几个来自浙江的外地人，摘西瓜，或者拔草莓草。

很想带着她，四处玩玩或者看一场电影，想象着和妈妈一人抱着一桶爆米花，吸一口冰镇可乐，电影院里泡半天。没想到，她老人家这么快就答应了，幸福来得太突然，我有些猝不及防，我妈躺在空调下面，见到我，蹦起来：啥时去？

小丫头们起哄：带奶奶看电影啊！我妈乐：嗯，几十年不看电影了！独自带妈妈去，明显有些紧张，去中交，居然驶过了。转回头又得好远，只得倒车缩着走。我妈火：早知道骑我的电动车来好了！我妈什么都好，就是太急，太劳心，一点舍不得浪费时间。

停好车上去买票，得一小时后的那场了。妈妈又急了：要这么长时间呀，我哪有空啊。我招呼着她：站好了，来张照片！

用的还是美颜，也美不起来了，贴到朋友圈，都一条声地说：妈妈瘦了。夏天活苦，妈妈每年都会瘦很多。我在温和地替她上课：要听话，要守纪律，不许额外再去打工。就算在一个单位，也很忌讳再去别处打工。妈妈不肯承认自己的错：我打工又没有影响，我又不要钱，钱还上交给你姐的。

真是拿她没办法。腰已经很弓了，谁的精力都很有限，已经退休多年了，这么拼命做，真正看不开。

白花花的一小时就这么搁着，妈妈心疼坏了。拖着她去楼下购物，买各式奶茶给她喝。"不要！不要！你姐那里吃的堆成山！""一会儿看电影好久的，不喝会赶不上。""买你自己的好了！"我有些气急败坏，不过也有办法，当真只点一杯，一个品种一杯。一家店只买一杯。她上当了，倒没有拦阻。名式吃的店铺已经传出香味，食客三三两两。跟妈妈闲闲地走过：看好电影，我们也来尝尝！"不要不要！"妈妈嗓门大，说话又干脆，我吓得拖过她就走。

吃的姐姐家看多了，肯定不要。自己连家都扔了，穿的更不肯囤了。商场上上下下跑了一圈，才半小时不到，我妈突然说：这么冷回家时怎么吃得消？这是六月天啊？果真老人就不同啊？我有些急。到处都是空调，影院里会更低，这怎么好？提议去车里，拿个小毛毯。妈妈同意了。这次跟在后面跑得倒挺快。几个来回，再买了些爆米花，就扯到进场时间了。

妈妈有些兴奋，毕竟是第一次进影院。好友提醒我，可以做些简单讲解，怕我妈看不懂的。我乐了：人家是丰中高才生，识字的，常年看电视还常推荐曲目给我。片名出来时，我问妈妈，能认识吗？妈妈不屑：这怎么会不认识？别说，真挺好看，我完全沉浸进去了。妈妈也真神，男主老婆要带走儿子，自己又身无分文，又被追着交房租，老父亲又急需进医院，生活逼得他走投无路了，妈妈神气呢：这下子，他要答应那个人，卖药了。

嚯嚯！真正刮目相看。我这边还想着怎么吐槽老太太智商一流的，老太太那边就不说话了。我以为人家陶醉在情节当中了，老太太两眼紧闭，借着屏幕的光，看得出满脸痛楚。我吓坏了：妈，怎么啦？

老太太有气无力地：晕，想吐。我彻底慌了，蹲下身查看她什么情况，我妈就是不肯服老，每年夏天都会热出病来，今天是热身子进的空调间，怕是又有问题了。我直接拿了东西，扶她出了影院，老太太挣扎着再三不肯，说你不是要看完的吗？还有多久结束？

平时凶悍得像头牛的老妈，这会儿微闭着眼，靠在椅背上。电影才放四十分钟，顾不得太多，我直接拖过她就走，原本就是想带着她体验体验看电影的感觉的，这般受罪，不如早点离开。

带我妈看电影，标准的虎头蛇尾，妈妈来时的兴奋，尽变成抱怨：我就是不能玩，一直干活，哪里都没毛病，歇下来就头疼脑热。

我的满脑子书生浪漫，直接流产。再要带妈妈出来休闲，不知道还要怎么哄呢。

一早，我还在浇花，妈妈风风火火地来骑她的小电驴了。我追在她后面命令：不许再跟人家打工！多歇歇！人老了也要听话！妈妈顶嘴厉害呢：其他事情好商量，这事不可能的！你自己锻炼还把腿跑伤了呢！我不活动就老年痴呆了！

往后余生，原想着把她捧在手心，当宝贝呵护的，可是人家分明是个刺猬，让你近不得身。也有办法，下次我换成运动装，陪她到田里干半天活，两全其美，我陪我妈妈，我妈妈做她热爱的农活。

这篇文章，写几天了。卡壳在这里，觉得和亲人家人相处，不比读研读博简单。命题简单，答对很难。我妈那么完美的一个人，但是特别不好相处，因为她不懂，顺着别人。顺着别人其实是更大的牺牲。和爸爸的时代过去了，和我们的相处摆到了眼前。而我这本书稿，整理了半年有余。从前那么急着赶路的，这会儿，似乎都不重要了。日子就在这里，好比雨天，如果没有避雨的地方，快步向前，也还是淋雨，不如放慢脚步，由着雨点，自头顶淋下，滑过脸颊，滑过前襟，滑过裤管，一直滑到脚面，汇至脚下，流出一条小溪来。

目 录

第一辑　烟软梨花

惟有南风旧相识　偷开门户又翻书　002
山光悦鸟性　潭影空人心　004
欲取鸣琴弹　恨无知音赏　006
今日天气佳　008
斜阳牧笛　一径穿桃李　010
烟软梨花　012
夜月一帘幽梦　春风十里柔情（1）　014
夜月一帘幽梦　春风十里柔情（2）　016
阅尽荣枯是盆盎　几回拔去几回栽　018
古人今人若流水　共看明月皆如此　020

倒不如闲钱沽酒，醉醺醺山径归来　022
蓦抬头　月上东山　024
乱鸦声里唱歌还　026
鸡鸣起汲水　日落犹负薪　028
焉知今日是　030
水阔山长雁字迟　032
是非成败转头空　古今多少事　都付笑谈中　034
万事不关心　037
举头已觉千山绿　玉环飞燕皆尘土　039
窗外芭蕉窗里灯（1）　041

01

窗外芭蕉窗里灯（2） 043
忍把浮名　换了浅斟低唱 045
山水有清音 047
柴门闻犬吠 049
午夜翻身光满月　破门而入不需邀 051
长自闲 053
醉歌田舍酒　笑读古人书 055
寥寥人境外 057
乞得田园自在身 059
若有人知春去处　唤起归来同住 061
清晨帘幕卷轻霜　呵手试梅妆 063
枯树聊为伴　残月且当灯 065

肯与邻翁相对饮　隔篱呼取尽余杯 067
清净香洁 069
古今输赢一笑间 072
且插梅花醉洛阳 074
风烟俱净 075
柳絮池塘淡淡风　清风明月无人管 078
老马耕闲地 079
我自不开花　免撩蜂与蝶 081
鬓微霜　又何妨 083

第二辑　无上清凉

但饮一坛酒　且书满墙字　086
秋兴赋　090
淡墨秋山帖　093
寒食帖　097
祭侄文稿　102
酒德颂　106
花气熏人帖　110
张季明帖　112
离骚经　115
千古赤壁前赋　花下吃茶数壶　117

归去来兮辞　121
粗鄙草堂　高寿无疆　124
山芋帖　127
瘦金体　131
无上清凉　135
秋深帖　138
枯兰复花赋　141
雨窗无事且试墨　144
执手帖　147
中年不肥腻　蒙诏帖　150

第三辑　砚田漫步

半是花花半是纸　吊兰玫瑰宋唐诗　154
《芳华》 爱人终是件贱活　158
我的前半生：姑娘，请置顶你的"才华"　162
有趣的灵魂才敌得过残忍的光阴　164
从杨永信到豫章书院　你养的娃不要指望别人　168

第四辑　从流飘荡

八姐　172
仰望星空　177
一万个来不及　182
古来大书家　分明是恶狠狠的吃货呀　195

第一辑　烟软梨花

轻烟细雨梨花开放，说的是人间四月天。很多人就奇怪我，你天天宅家里不厌吗？哪里哪里，君不见这些活色生香吗？谁不是在这些琐碎美好中奔忙？

惟有南风旧相识　偷开门户又翻书

　　农家缸缸坛坛都有用。
　　先是酱缸。
　　五月的时候，葵花叶子长得肥厚且大，采得满把。米、豆子等一些煮熟了铺在小桌上，盖在葵叶下，等着发霉酵变。先是发出一阵变质的味儿，然后长出绿的黄的毛毛，不着急，等长得满是毛毛时，把它们放进缸里，浇入卤水，用石块压紧了，太阳一晒，便有酱香远远袭来。
　　酱缸通常不会太大。大的是水缸、米缸。家家厨房里一个大水缸，勤劳的男主人眼一睁，就会把水缸里挑满水。每天缸里水见底时，都是女人拿着刷把刷一下，然后清缸底。咱们家男主人常年飘在外，挑水清缸底的活便都是女主人。
　　米缸大且多。不只是放米，也放各式粮食。上面盖一个木盖，防潮防虫防老鼠。米缸数量多少直接是家底厚薄的象征。邻居赵姨父，请来几个泥瓦匠，好酒好菜箍得一个大的水泥缸，能囤很多粮。
　　还有坛子，酒坛子。口小肚子大。一个竹子做的量子，量一下大约一斤。量子伸进坛肚子，几十次上下来回，坛子便见了底。桌上的人却酒酣耳热打着酒嗝迷离着眼，说着从前的事儿。

坛子除了放酒，还放咸菜。冬天的时候，麻菜挑了洗净，晒干，切成末，点点放进坛子，层层撒上盐，然后把坛子用油纸蒙好，绳子扎好口。来年青黄不接时，坛子开封，咸菜就着玉米粥，早晚两餐都靠它了。

一种绿釉的小坛子，用来装熬好的猪油。过年才杀猪。猪油单独取出来，切成方块，煸在锅里，大火煎熬，熬到油出来了，原来的方块成了渣，才罢手。油盛放进小绿罐里，层层蒙口，逢年过节来客人时挖出一两勺，下面条或者做菜汤，那是最难得的美味。油渣切成末，炒荠菜，香味几日几日飘在村庄上空。

后来，米粮都不再需要囤了。陈米陈粮人人怕吃。水都是自来水，水龙头一开四通八达。吃的油是那种色拉油，即便怀旧还吃那个菜籽油，也是一种白色壶子，轻便又不会被打碎。酱油吃那种六月鲜，一小瓶十来元的。再没有孩子围着黑乎乎的酱缸，等酱吃了。酒都是海之蓝天之蓝梦之蓝，没人记得那个在坛肚子上上下下忙活的量子了。

一下子所有缸缸罐罐坛坛盆盆全没有地方放了，所有人家都把它们请到了室外。堆放在墙角，看着碍眼，就直接砸碎铺路。大姨把两个坛子直接踢进了河里。我缠着大姨捞起来。我76岁的大姨，160斤的高体重，趴在床底下，捞出一个罐子，又拿着个钉耙，把河中心那个坛子给我钩了上来。

惟有南风旧相识，偷开门户又翻书。《新晴》里的诗句，南风都是旧相识，这些伴我长大的坛坛罐罐们更是发小了。带它们回家，插上芦苇，写个福字贴在上面。写下诗句，放在它们的前后左右摆拍。

那些曾经最派用场的农家器皿，要是我不用来插花养花，那是彻彻底底一点用场也没有了。

003

山光悦鸟性　潭影空人心

爸爸住37床。36床来了个特殊病人。美小护唤他：顾海军！

他眼眯成一条缝，不应也不答。他妈妈握紧他的手，替他应：是的！

然后，美小护开始扎针，他妈妈和爸爸一边一个，把他按得死死的。他的反常我们很快看出来了，长得瘦小，不会说话，唇上厚密的胡须暴露着他的年龄。差一岁就40了。可是智力水平却停在婴儿时代。天天出去玩，有时捡东西吃或者别人给他东西吃，吃一种枣子，核不知道吐出来，横在食管里。几天不吃饭，又不懂告诉家里人，发现的时候，已经很危险了。

一个家庭的希望，在孩子身上。老两口六十出头了，能干果敢，可是，不敢替他们着想晚年，他们老了，谁来伺候他们呢？再等他们都没有了，这孩子怎么办？

转着口风试探当初怎么不再生一个的？

生了。一个姑娘，20多岁上，被人害了。

不敢再打听了。这是一个怎样的家？

小海军每天过来挂水，水挂好回城郊的家。我爸正好肝昏迷，几个人围着转，还好小海军天天回家，腾得地方来让我们一家有个歇息的床位。

山光悦鸟性，潭影空人心。说的是看小鸟自由飞翔，潭水里照得出自己的身影，心中的尘世杂念一下子便能腾空。这是我有意写给自己的诗句。父亲走后，我们很久走不出来。妈妈提议要去权健大楼看看。说是爸爸一直想去，怕我忙，就没成行。妈妈把父亲的照片贴在胸前，拍得一张又一张照片。完了，提议：去看看小海军吧？

小海军那样的一个人，还治愈了回家了。我父亲却到了地下，妈妈对他艳羡不已。姐姐拖过妈妈：不要去啦！见了人家，你又要哭。

我要学会腾空。在自己的内心听到鸟鸣看到花开。

欲取鸣琴弹　恨无知音赏

深夜客服。一男人上线，让推荐练习田英章行书的钢笔。

行书钢笔一般都要粗些，好表现它的快疾粗细变化。我推荐了旷达。

那人问：田英章行书那么细，这个可以吗？

我欲言又止。

不想卷入任何争论。只是，如果真心向我请教，练习行书一定不能用田英章行书。

田的字，只要练过一年半载的人，都可以看出，积习太深。钢笔行书，不怎么能学的。但我又忘记了，改变一个人很难，尤其一个成人。何况这个猜上去年纪不小的成年男人。

那人来了兴趣，那不用田英章，用谁的？他不问，我不说。问了就告诉他了，用兰亭序和圣教序呀。

那人火烫了一般，我是钢笔！那是毛笔，怎么练？

其实习字之人，写字好坏与否，都不重要。重要的，保持一颗时时学习的心。

略去他的震惊和质疑。我发了一张我们硬笔作品。他看出笔不同了，问用什么笔？

我发了那种特种笔。五元小楷。效果确实好。他看出来了，然后愤怒了。你一会儿推荐旷达，我说写田字，你又让典雅。现在又来一支五元小楷，你直说吧，你想我怎么样？

哈哈。这个人平时怎么跟人交流？他要练行书，行书一般选粗的。他说一定要田的字，田的字那么细，就推荐了细的。他不信毛笔字帖可以用硬笔来写，让他看了硬笔写毛笔字帖的效果，信息量一下子太大，那人转不过来了。

欲取鸣琴弹，恨无知音赏。那人还在声讨，我已经嘻嘻笑着收兵了。微信上发了几句话，想想不妥，又删了。喜欢儿子说我们的话：我们班上很少有家长懂快递东西到学校，有支付宝的也少，更不要说还在网上开店了。

保持年轻的秘诀就是时时在路上。如果你年纪一把了，还在学书法，就一定要打开自己，接纳你之前没有接触过的理念。

今日天气佳

晚上骑车送烤山芋给妈妈。回头的路上，一辆车从辅道上往大道上转。一个路人在大声叫：不能转不能转，方向打不过来的。车主听话地倒退。路人继续叫：直接往前开，开到大道上转。

正要掠过，一个急刹，往路人面前一停：宏院长！

宏一瞧是我们，乐坏了。

宏戴着毛毛的雷锋帽，穿着儿子的羽绒服，冬天的感觉全出来了。不早了，问他干嘛呢？拍着自己的新坐骑，说，出来专门代驾的。

有点意思。宏白天做院长，晚上出来滴滴打车或者代驾。活得忙碌充实。

一旁的酒店有客人陆续出来，怕误宏的事，挥手让他去碰碰运气，宏开心呢：消遣！好玩！

宏的新坐骑是辆纯白的小折叠电动车。一点点大，可以折起来放客人车后备厢的。估计价格不菲，宏说，3000元呢！

宏一贯俭省，为这个也算花了大代价。大冬天晚上的，钻被窝肯定比这个要舒服得多。

回头的路上，和先生聊得最多的就是宏了。特别勤奋的一个人。其实，勤奋不只是说学习，生活也是。

一早起来，天阴着，给我的花花拍照。去年镇江淘宝的盆子，15元钱。美人菊是微信上顺来的，20多元。盆子循环种过几轮的花了。两个小南瓜人偶三元一个，太值了。

今日天气佳。这是陶潜诗作《诸人共游周家墓柏下》中的一节。

斜阳牧笛 一径穿桃李

　　读羲之十七帖。那个积雪凝寒帖，读来寒意森森一个激灵。

　　"顷积雪凝寒，五十年中所无。"这会儿积雪不消严寒凝聚，50 年不遇。真正冷啊。这会儿给你写信，写一会儿呵一会儿手。

　　这是羲之在与阔别 26 年的友人通信。真正阔别，26 年，足够一个孩子从婴儿长成一青年。26 年，足够一个小伙子长成半桩老头子。26 年，足够我们的书圣王羲之书法从初学到人与书俱老的日趋成熟。

　　旋即读出丝丝暖意来。这个友人，何其有幸！与羲之老断续通信 14 年，十七帖一共 29 个帖子，多数是与这个友人的通信。从前的日子慢，积雪凝寒时分，发过去的信，一般要到来年柳绿花红时分，才能收到回信，那是怎样的一种翘首以盼望眼欲穿！

　　前日因为写这个系列，与初中语文老师说话，陈老师发来我写给他的信，乐坏了，当年那个字，不忍目睹。可惜，后来就中断了书信。这会儿手机短信、QQ、微信，哪样都比书信快捷，更是不太可能写信了。

　　只是那些书法家写信，书信的实用价值之外更多艺术含量。年少时，见过先生的备课笔记，一见倾心。封面一个大大的圆形，里面一个禅字。再然后，里面文字或竖排或扇形或圆形，哪里是备课笔记？分明是一本书法作品集。

斜阳牧笛，一径穿桃李。羲之手中的笔，恰似笛音，笛声一起，桃花儿红李花儿白，落英如雨翩飞若蝶，引得千年后的我们，趋之若鹜逐之忘返。

烟软梨花

好友里各式人等。那个叫大点点的,两天时间拉出一个四百多人的大群。

群里定时秒杀,是真的杀。挂件帽子、围巾或者拖鞋,一元秒杀。手快有,手慢无。

我并不真的守着秒,一来,我的年纪,不适合凑这个热闹。二来,也不想让自己变得计较。但是会密切注视这个群。因为店主大点点。

在实体女装都做不下去的今天,她无疑是与时俱进的。

长得好看,往试衣镜前一站,各式衣服拍了直播而出,大冬天的,光脚穿着毛毛棉拖,脚脖子上印着几枚刺青。对,这会儿才想起来,她特别像一个人——张柏芝。先生笑:那就成功了大半了。

是的。女装店主,长得漂亮就成功大半了。恰恰她又很勤奋。开十多个小时的车去拿货。带着几个月大的儿子。地毯式地进货扫货,13点准时秒杀。一边秒一边还要回复群里各种质疑和问询。

一会儿没动静了,原来是儿子饿坏了,叫着要喝奶。中场休息。以为她总要歇一会儿的，结果又穿着各式新衣发图片来了。都是刚从批发市场拿回来的，还腾腾着热气呢。也真敢卖，估计就加了不多的费用，群里人很踊跃。

再一个就是卖花的果果，看她吆喝都想笑：本妈靠勤奋努力赚钱，卖花卖燕窝，脾气臭，人够好，绝对好！

"这位花姑娘，你好意思开那么大朵花吗？你让别的花怎么有脸在花界混下去？"在吆喝她的绣球花。

"瓜叶菊，很普通的草花，但是天天开花给你看，你老公能天天对着你笑吗？"

轻烟细雨梨花开放，说的是人间四月天。很多人就奇怪我，你天天宅家里不厌吗？哪里哪里，君不见这些活色生香吗？

谁不是在这些琐碎美好中奔忙？

夜月一帘幽梦　春风十里柔情（1）

　　一早去吃喜酒，小花微我，说我的顺丰件到了。然后拍了一堆小乐器给我。我蒙了。我就订了一个小白色吉他，替老公送他老婆的，哪里就冒出一堆来了？

　　老公乐：没准那家发货发错了。这下好了，还得退过去，不对呀，怎么会是顺丰？

　　丫头出嫁，亲娘没有落泪，我这个后妈也就欢天喜地了。儿子要去上学，送到车站，回程时，莲花微我："姐姐，收到的礼物无损吧？按我的风格，一定要亲自验看后才会发出，只是赶时间，只好用顺丰代发了。"

　　啊！原来顺丰由此而来呀！

　　一路飞奔上楼，哈哈，乐坏了！我能开乐器行了！一堆乐器，小可盈掌五脏俱全。那个小提琴，居然还配了弓！

　　我的小花们转着我乐，"瑛姐，还有的！"再拆，一个旧马灯，小花用指尖拎着看，百般嫌恶："还有灰尘！还是个旧的！"我哈哈大笑。又拆下一包裹：里面是一段枯木，上面几个小圆片，写着三碗不过冈。燕子说：这像古代的酒店！再拆，是一段树枝，真树枝，上面还有个鸟窝。然后鸟放在一边，需要把它装起来的，丹丹撇着嘴，拎起来查看：雀子呀。呀，还有鸟蛋！

啊！还有一个木头梯子！店铺顿时笑乐成一团。

夜月一帘幽梦，春风十里柔情。我跟莲花开玩笑：女人追女人最容易了，挠到的全是痒处。

晚饭不做，把这些家什一一排放在桌上，百般摆拍。该睡觉的时间了，带上床头，再次把玩。平生只为花低头，今夜，都来入我的梦里来吧。

夜月一帘幽梦　春风十里柔情（2）

　　爸爸的病房九曲十八弯，穿过狭长的走道，走道里满满的加床。走道尽头右拐，又是长长的走道，左侧病房，无一空位，走道的顶头，突兀着一张加床，再右拐，最靠近洗手间的房间，找到了爸爸的病床。53床。十平米左右的地方，六张床，挨挨挤挤。房间里转个身都比较困难。求医心切，再顾不得其他。

　　最热闹的是下午，病人都不需要挂水，只是住着静养，年轻力壮些的，便会串病房。爸爸是九曲十八弯的下游，上游位置有个不到50岁的男人，张家港的，人特别消瘦，喜欢抽烟，喜欢各个病房串了玩。

　　有什么用啊？有用没用都得治！这是个过程！男人侃侃而谈。他是单位体检查出来的：一个月暴瘦40斤啊！没想过来这个医院！但住院证明开过来了！呵呵。

　　男人通透，知道得也挺多。会帮着病人看各种检查单。每个下午和晚上的时光，沉闷苦郁的病房，便充满了欢声笑语，病人和家属暂时忘记病魔的恐怖，短时间鸟语花香起来，他们都盼男人串病房，唤他：来吹牛哦！

后来直接唤他大牛皮。大牛皮父女俩是来求医的，女儿如花似玉，且和大牛皮一般好接近，长长的九曲十八弯里满是他女儿的身影，陪聊天，帮着打茶打水护理其他病人，小棉袄香搅动着整个病区。

热闹着的大牛皮你看不出他的真实心情，也猜不出他的真实病情。只做了一周直线加速器，白细胞便降到了零，被紧急叫停。但并不影响他的开心快乐，照例每个病房串着，讲笑话分析国内外大形势，剖析国内各大医院癌症治疗的进展。唯有一次，我实在受不了病房的空气，溜出大门外透气，看到他蹲在地上，目光向着远方，手指上夹着根烟，一会儿吐出烟圈来。他蹲着的地方，扔满了烟蒂。我在他的身边，蹲下。他并不回头，更猛烈地吸烟。我轻轻地夺过他的烟。我的眼水，哗一下涌了出来。他才那么年轻！

夜月一帘幽梦，春风十里柔情。这是秦观的诗句。说的是与佳人分离。其实，世上哪种分离不是？再见，再也不见。出院后大家便各奔了东西，只是，他乡的大牛皮还好吗？

阅尽荣枯是盆盎　几回拔去几回栽

汤兄弟是浙江人。极其难过的时候,转向床里面,不说话。难过稍缓了,会转过身来说话,说自己的老婆:看起来挺漂亮,走起路来起花样。

我的老爸,自从知道病情后,脸一直阴着,这会儿扑哧笑出了声。

汤兄弟老婆内风湿多年,坐那儿还像模像样,一走路便拧成了麻花。汤兄弟这么大的病,老婆在家里守着个小店,每日进项凑起来汇到汤兄弟这里救命。

我和姐舍不得他,吃的用的都暗里帮他。他却很骨气,什么也不肯接收。姐姐没出过远门,中途要回家,汤兄弟自告奋勇地送姐姐。他自己也没坐过地铁,出站的时候,刷卡就能出来了,他不懂,从拦着的那里,上下左右地跳过去,姐姐急着出站,想笑又不敢笑。拿过他的卡,刷了让他走了出来。

回到病房,我知道他累坏了,百般歉疚,打饭照顾他,倒茶照顾他,他强行振作,直说自己没事。

他在爸爸之前出院，自己收拾行李，一个大包一拎，跟我们挥手再见。我追在后面，要送他，他说回家的路他熟，一张脸，黑得只看到白牙了，眼睛变得贼亮。"再见了！我会电话你们的！放心回吧！"他把我赶回病房，一个人走了。

他还没到家，他老婆就住进了医院。他停在县城，继续照顾老婆。

后来姐姐电话过他一次，他很开心，说事情都朝好的方向发展了，老婆的小店被征用了，贴补了一笔钱。他申请的可缩放桌椅专利，六月中旬央视来人拍他的专题片。去复查癌细胞得到了有效控制。我们替他开心，那么坚强乐观的一个人！三万元的手术费，分五次筹来，家里的亲戚朋友借遍了。女儿挺着大肚子，儿子还没成年。他要做的事太多。

再一次电话是他主动打来，问询爸爸的情况。他不好，是淋巴。比较麻烦。姐姐默然，不知道怎么安慰。然后就到了我家兵荒马乱，爸爸几次入院，直到撒手而去。

前日爸爸终七，姐妹俩又说到汤兄弟，那个唯一逗得我爸爸开心大笑的家伙。姐姐说，问问他的情况吧。一会儿姐姐告诉我：汤兄弟的手机停机了。

阅尽荣枯是盆盎，几回拔去几回栽。我正在阳台整理我的花花草草。因为照顾爸爸，我的大半花草枯去，这会儿重植了一批。闻得此言，手中磁盘咣当落地，碎成万片。

转过身，泪水如注。

古人今人若流水　共看明月皆如此

爸爸终七。

《广雅》"终，极也；终，穷也"。再怎么舍不得，再怎么不相信，再怎么想他，再怎么呼天抢地撕心裂肺，都该终止了。

去烧了几个菜供他。特地辟出时间来学做菜，为的是烧给他吃，他没有用得着我们伺候，自己做饭到最后一顿，走了。

依然怕做菜，依赖他成习惯了。这会儿他不在了，还是不敢自己烧给他吃，做那么难吃，怕他骂。

跟他吵得最凶的时候，朋友说，以后爸爸每吐一个音节你都会觉得是天籁，果真的，微信里收藏着他临终那天我唱的歌，却没有录他的声音。唯一一段视频，是他在敲锣鼓。那时，就有朋友问：怎么敲得有气无力？

那时，他就病得很重了。只是我们一直不服输。

这一场，我们输得很彻底。输其他，我们还能在原地爬起，输了爸爸，我们还能怎样？

爸爸在踩水车，笑容璀璨。

妈妈舍不得他，说他冻了不知道加衣，一生就要好看。舍不得他怕干活，年轻时挑河，叔叔们替。结婚之后，粗重的活儿都是妈妈干。这下子去地下了不做活儿，不挣钱，日子可怎么过？姐姐带了好多好吃的，宽慰妈妈，这下子不会怕冷，也不用干活儿了，吃得好玩得开心穿得帅气，也不用被我们娘儿三管烟管酒了。

终七之后，若不是特别重要的日子，轻易不得来看他了。我把他的家前屋后，仔仔细细拾掇。到底隆冬，尽管我栽下那么多花草，这里看起来，依然萧索得紧。只有一树茶梅，开得浓艳，开得热烈。

古人今人若流水，共看明月皆如此。离去的时候，我又检查了一遍四周，把乱七八糟的东西，捡拾得干干净净。边上的小河，干得快要见底了，春汛再来的时候，又一轮水满池塘草满陂（bei）。

倒不如闲钱沽酒，醉醺醺山径归来

宝贝，你几岁？

宝贝答：五虚岁。

宝贝一定得着我最深的影响，口齿清晰用词准确。

宝贝，我们去买菜！

"好嘞！姑姑，我们买鱼，买螃蟹！"

宝贝跑在我前面爬的楼梯。"好累啊，姑姑。"

"有电梯的，一会儿我们从电梯下楼。"

一路卖鱼卖螃蟹的。一只青蟹，捆好了。询价，50一只。我拖过宝贝的手：这个不买，不值！

价和值，这是两个概念。要教会宝贝的。宝贝并不纠结，直奔向前。又是一家卖螃蟹的，场子够大，我们站定了，怎么卖的？

那人问：干什么用的？自己吃！

那人拿来捞网，捞了四只。过秤，48元。四只大螃蟹，这个值！宝贝蹲下身子，在网袋外面用手指戳来戳去。

买了鱼又去买肉丝,宝贝提醒我,还得买大白菜的。对!一路奔过去,买了大蒜又抓了一把茨菇,宝贝拎着茨菇问:这个白白的,是什么?

到得家来,我把蟹煮了。宝贝过来掀开锅子:"熟了呀!"我一乐,你怎么知道熟了?

红了呀!

真正长大了。从前为了让他看煮熟的过程,挨爷爷奶奶多少次训话的。"爷爷还会放生姜和葱。"宝贝提醒我。

"姑姑,乌龟哪去了?"

"冬眠了。在小书房。你去看看?"

宝贝去看。四只小龟两只钻出沙子外面,眉眼上全是沙子。"姑姑,它们怎么不睡呀!""可能睡不着吧!"我答。宝贝哈哈大笑:"乌龟是不是像我,有时也睡不着?"

倒不如闲钱沽酒,醉醺醺山径归来。我用这么长的文字,记录我如水的日子。醉酒是最表层的一种醉。醉花、醉人、醉暖、醉在自己内心最在意的东西,那是一种最深层的醉,耽醉不愿醒。

蓦抬头　月上东山

秋很深了。深到冬探头强行逼近。柿子树叶落光了，秃秃着。却有艳红的柿子挂在枝头。颇像一个老母亲，明明已经老去，却有一趟趟的儿孙，英姿勃发前赴后继。

柿子却没有销路。路人也不爱吃。顾自挂在枝头。

父亲走了 38 天了。母亲开始还挺坚强，后来一提到父亲便哽咽难语。我天天失眠。替母亲担心。我们各自都有家，渐渐用工作的繁苦，压制了那份思念，只是母亲怎么办呢？

跟母亲说，你一定要挺过来，要不，我天天失眠。母亲从来就是，为自己，什么都可以忽略，为女儿，刀山火海在所不辞的。母亲开始为我振作，不让自己闲着。可是，能有什么事呢？

母亲骑着她的小电车，四处摘柿子。摘下柿子，背到楼上，削皮，晒在阳台上，成柿饼。

"你不要替我担心，你爸爸在世就喜欢我出去做。他没有叫我不做。我做得动呢。今天柿子是摘的你爸爸旁边的。"

母亲灯光下一边削柿子一边跟我说话。

一霎时波摇金影,蓦抬头,月上东山。世上的事,都是越过了至黑暗,然后有丝丝光亮,渐渐透进。再要耐心等待,又一个天明,会来。

乱鸦声里唱歌还

太阳好得有些不像样子。我把飘窗上拾掇了一下。铺上垫子。垫子买了几年了,洗得已发白,且有一处破了。并不舍得扔。我已经到了惜物的年纪。

微盆——浇足水。我的五子罐,越来越爱了。小时候到处可见,后来,大家为了追求洋气,都扔了。去二奶奶家玩,二奶奶扔在天井里。讨得来,洗得滑滑的。插上野菊,怎么看怎么爱。

端来小矮凳,把我的一堆钢笔捧过来,拿来毛边纸作垫,一张白纸,滴几滴墨水在碟子里。手机在一旁,朋友跟我说话呢。随手拍了小视频过去,有意把我的菊花放进去,把我的阳光放进去,把我的那堆钢笔放进去:"我在试笔呢。——试过。手造哦!"

先生叹:国人最差的便是工匠精神。日本人可以几代人只做一件小事。比如只做钢笔。做好写的钢笔。我们中国人却喜欢一窝蜂地去做一件事。你不是做钢笔挣钱吗?大家都做,做到钢笔零利润负利润还做。做到无法后续服务无法可持续发展了还做,结果大家纷纷倒台破产,谁再有新的产品再去一窝蜂地挤过去强占市场。

恶性循环。

我的日子在视频里诗意横生。我的钢笔因为那罐野菊生机盎然。朋友说：手造的都有温度。

薄暮回车人半醉，乱鸦声里唱歌还。是郑板桥的诗。说的是开山卖石，艰辛备尝。可只要饭能果腹，又有一杯酒喝，就是半个神仙了。

就做那样的人。把快乐和幸福的标准放到最低。那样，只要活得滋润一点点，就幸福爆棚了。

鸡鸣起汲水　日落犹负薪

吃完晚饭,天气晴好,就会出去走一圈。有事耽搁晚了,或者天气不好,就不出去了。

忙到八点才吃完晚饭。车位被外来车辆停掉了,瞅准它离开时,第一时间把车子挪了进来。后座上搬回我的美国乡村鸭。一个大块头的家伙。先生问:"这什么?阳台已经放不下任何东西了。"

我心虚地应着:"鸭子。"抢先夺过抱着回家。他紧跟后面,重新接了过去。

他抱着鸭子爬上四楼,竟气喘吁吁。鸭子明早再安置,这会儿还有其他事。

我坐到餐桌前,放倒所有的笔。让他把那个拍照用的大灯移了过来。我的眼睛,还好使。看笔尖,一支支看过去。他拿了个放大镜,一支支照,然后在墨汁瓶上,滴了两滴黑墨水,我看过的笔,他拿着一支支蘸墨试写。边讲解:这支有点刮纸。我答,那给它写顺滑了呀。他应着:可是,不刮纸了,它的笔锋就没有了。那怎么办呀?他应:世事两难全呀，你把它打磨顺滑了，它怎么能八面出锋呢？

又是一课了。

婆婆在自己的房间里睡了。中途醒来，嘀咕着："这么晚了，还在忙。"

鸡鸣起汲水，日落犹负薪。说的是古人的生存模式。一大早起来，先要提水，把水缸灌满水。太阳落山了，得背一挑子柴火回来，来日才能吃饱一日三餐。

任时光怎么改变，人活着一天，就要劳作一天。只是汲水负薪的活儿，变了个花样。

焉知今日是

朋友圈里一篇文《上了癌症的当》。大致意思是,现代人得了病,不是死于癌症,而是死于癌症的治疗。

五味杂陈。父亲于三月腹泻去住院,出院时常规检查,查出数据不好。那个时候,他自己没有任何感觉。身体较前几年少有的硬朗。

但我们害怕。我在梦中常被惊醒。怕爸爸被病魔夺走。姐妹俩四处奔波,只为求治。

第一次微创消融,还挺轻松,只有四天时间,回来后照吃照睡照玩。还是没有任何感觉。我们甚至以为是误诊。两个月后复查,数据又偏高。其实,现在回头看,我们就应该果断不理。可是,谁能知道后果呢?向南是一条路,向北也是一条路。没有中间路可以两方兼顾。姐姐跟爸爸谈话:"都是走着瞧,谁也说不清楚哪条路是正确的。"我们选择的是积极治疗。

几个月后爸爸出血住院,医院发出病危通知,爸爸跌足长叹:医坏了!

我泪水横流，如果根本不去理睬那个数据，爸爸说不定到现在还没事人一个。很多听来的医学奇迹，不都是这样？

焉知今日是。今日所做之事正确与否，谁也无从预料。

只有硬着头皮往前走。

只可惜，沿着那条向南的路，父亲走到了地下。

我怎么能安然入睡？

水阔山长雁字迟

　　四月的春阳，极暖了。晒在脸上，火火的。
　　夏小汤很特别。雁尾服穿在身上，有些局促嫌小的模样。我甚至觉得，不要做指挥的。任何一个演奏家或者歌唱家，都会赢得自己的舞台，就算离开了舞台，还有乐声或者歌声相伴。他离了大家，是不是什么也没落下？
　　很快，我就觉出了自己的浮浅。央视四季音乐会春天音乐会，就在我们大丰花海。大丰人特别有趣，撤并到盐城后，各种失落。主持人最初的口口声声盐城盐城，令观众颇感失落。不知道是主持人捕捉到观众情绪，还是他们主持词原本就加上了，后来都加上了盐城大丰花海，大丰一落嘴边，下面就掌声雷动。
　　《太阳出来喜洋洋》响起了。先是大提琴低沉深情地低唤：太阳出来了喂喜洋洋哦，轻快曼妙的笛子就接上来了，笛子悠长高亢，是蓝天里的云雀，一声啼叫就拉开了重重天幕。
　　然后便是大提琴和笛子一唱一和，一声低就有一声高，一声紧就有一声慢。他们还在缠绵缱绻之际，小提琴横插了进来，欢快轻灵从大提琴和笛子身边擦肩而过。就看到满舞台乐声放飞出的彩蝶，乱花丛中上下翻飞，所有的乐器都加入了进来，挑起扁担郎郎扯，光扯，上山岗啰！夏小汤的手往上捧往上捧直上云霄，迅速地又大幅舞动着，所有乐器跟着他的手齐鸣，整个花海被他的一双手搅动了起来，郁金香洋水仙风信子，红色黄色绿色蓝色紫色，都被搅动了起来。坐着的观众、后面奔跑放风筝的孩童、花海附近三三两两劳作的人们都被搅动了起来，支棱着耳朵，听着满得溢出来四处流淌的欢乐。

  水阔山长雁字迟，今日最相思。我喜欢这种文字拼接。颇像儿子小时候搭的积木。我们两人到山上六年整了。除了发白了，其他没有留下任何岁月的印迹。我觉得这是生活的馈赠。一如那个夏小汤。音乐会一停，也许什么也没留下。可是，过程中的那份至乐，谁又能体会？

033

是非成败转头空　古今多少事　都付笑谈中

　　每隔一段时间，我就会很想婆婆。车子一拖，去看她。上一趟，是我姐姐陪着去的。

　　我们家的人，心肠都软。我姐和我婆婆一点血缘没有的。可是婆婆占尽了年纪大的光，我们全家都很宝爱她。姐姐买香烟买一堆吃的，动手做饭给婆婆吃。今天我一个人过去。

　　买香肚，那是公公生前最喜欢的。看到我们回来，眼睛笑得眯成一条缝，孩子似的举着香肚唤：香肚！香肚！再买一条香烟。香烟不买好的，好的她也舍不得吃，来来回回换，索性买她常抽的牌子。买香蕉。带她住过几次院，老人家便秘严重，年轻时不买账，老来颇困扰。偏生她并不懂，也不用她懂了，每次带香蕉就是了。偶尔还能遇到人捎带给她。买鸡爪。那种发酵泡开的，婆婆最喜欢。那个她啃得动。坐那里不动身可以连吃几个。买实心烧饼。实心烧饼用糖煮，或者泡蹄膀汤，婆婆说，生七个孩子，月子里没舍得买一个烧饼吃过。补偿她。我们这代人，生了一个，就娇成什么模样，让我们这些主儿，生七个孩子，还不翻天！买凉粉。

　　大包小包地背回家。婆婆坐在门前的小凳子上，朗声唤着她，她迟疑着朝我看看，并不应答。我乐坏了：妈，你怎么会连我也认不出来了？

　　还真没认出来。仔细辨认了一会儿，高兴起来：是你回来了呀！

　　苍蝇真多。手一操，可以碰到。家里也好久没打扫了。我忙着把被子往外抱。婆婆在抹泪，人老了，不中用了。又多病。脖子疼死了。打针可以好两天，不打针就一直疼。乐坏了，就差捧着她的老脸亲了：挺好了。告诉人家我们家奶奶84岁了，人人羡慕。牛死了！瞧，耳不聋眼不花的，还要怎么好？

　　婆婆被我哄得开心起来。

　　最难便是分别时。我刺溜一下，跑到了门口大路上，爬到车上就发动机器。原以为她腿脚不灵便，肯定不会出来。哪知，抬眼一看，婆婆站在门口场边上，朝着我车的方向，眼不错珠地望，我手伸出车窗外，朝着她唤：回吧！我走了！可惜她看不到，没有应答，我奔下车子，跑过去，抱了她一下，眼睛湿润了。当年我们从老屋子里把东西搬到学校，我亲爱的婆婆和公公追着拖东西的车，跑了一程又一程。那时我才二十岁出头，他们还健朗。这会儿，我也有白发了，而我的两个宝，只剩下一个。

　　我折身上了车，倒车，然后扬声唤：妈，我走啦！

　　这次，老宝听到了，高声应着。

　　我朝西把车开走了。

　　再不忍回头看一眼。

　　是非成败转头空，古今多少事，都付笑谈中。婆婆最不能释怀的便是年轻时，她可以从洋心洼步行到小海，从小海再步行到沿海，二三百

035

里的路程，全凭两条腿，还能早早地赶到家。这会儿莫说二三百里，站得好好的，有时都会腿一软。"真正没用了！"白发渔樵江渚上，惯看秋月春风。这些感慨，不只是诗人墨客才有。我大字不识的婆婆，就能表达得很完美。

万事不关心

　　我比较能面对现实。我的老师，洋洋洒洒几千言，他想要一个小院，给我留言，大抵是如果真有了小院，少不得要我参谋如何打理策划安排。我乐。

　　我不要小院。我把家里120平方米塞得只差枕边也有了。不适宜室内的都送到姐姐门前的小菜地里。可是姐姐撇嘴，换不到钱的事，她不干。就想到了店铺的楼下。

　　隔壁水洗厂，工程改造，门口弄得一团糟，扫尾迟迟不进行。我等不及，自己动手，拿砖头垒了个小花池。家里带来养得不好的，放生土里，很快活转过来。

　　没几天，房东刷外墙，我的花池眨眼间被夷为平地。一张脸，急得通红。房东姐姐到底圆融，走过来搂着我摇晃了几下，一肚子火就被姐姐摇散了。

　　喜欢铜钱草，家里小盆大盆放满了，儿子回家，人一走过，惊起一滩飞蚊。先生不说话，脸拉得很长。一起时间长了，知道要害。再任性

037

下去，挨打也是未必的。大盆小盆清空，一律带到店铺的楼下。那些我四下搜来的老罐、树根，在楼梯旁排开。这是我的小胜地。把我的小竹椅带来，再淘个旧的唱片机，我这是不是想要独立翻天的节奏？

这是我的二房，我的小院。

晚年惟好静，万事不关心。这是王维的诗句。我不太喜欢那些人，松风吹解带，山月照弹琴。日子还要怎么逍遥？偏偏搞得一副不得志的模样。我这人比较俗，太大的事，我做不了主。小城的高铁被取消，我空有满腹诗书也没能争取一二，就这样挺好，做最好的自己，静观事态变化，万事不关心，是关心在心底的超然。民强则国富，我们每个人都是最强大无敌的，那么，这样的一个组合，能差到哪里去？

慎独。万事不关心，保持一份超然，世界因为你的存在，格外花香满径。

举头已觉千山绿　玉环飞燕皆尘土

　　举头已觉千山绿，玉环飞燕皆尘土。这两句没有一毛钱关系。但我喜欢这样的拼句。

　　我去体检，项目是B超，从腹部一直做到胸部。医生在命令床上小女人：解下纽扣，胸罩扣子解下来。躺上去。人往上来一点。好。裤子往下拉。我站在地面上，如在针尖上。眼光没有地方可以落。

　　文字人眼里的春光旖旎、姹紫嫣红，医生这里就是组织、肌肉、骨骼、结节、包块、囊肿、块影、直到肿瘤结束。

　　六六写那个肿瘤，那是花木行老板娘那里的仙客来。绿绿的叶满铺盆四周，中间泊着朵朵红花，像染过色的鸽子。肿瘤从来都是直取人性命的，但一个成功的医生，成天和肿瘤打交道，每天负责把它们从人体里摘除，那种成就感丝毫不亚于花木行的给花装盆，造型，搭配，直到作品问世。

　　医生手里那个鼠标一样的东东，上面涂满润滑液，在小女人胸前推来推去，看不真切，推一下胸部，换个角度，再盯着看。

我落荒而逃。

满眼不堪三月暮，举头已觉千山绿。在别人那里是解不开的相思，在我这里直接就是好花不常开，好景不常在，赶紧抬头，看三月飞逝，千山绿透。

玉环飞燕皆尘土。这句特别管用。朋友说，太阳太火了，得涂个防晒霜一类的。还说，戴个帽子？还说，适当保养也是必要的。

谁还能有玉环飞燕那么沉鱼落雁相貌？不一样归了尘土。

所以，我要骑着小自行车，走街串巷，素颜破衣，做风神一样的少年。

窗外芭蕉窗里灯（1）

安安加我。我在店铺里忙。

她说是慕名而来的。

讲他们的故事。不过结婚才一年多。可是男人沉湎于手机与游戏，甚至一个人去看电影。就是眼里没有她。她一个人带孩子，一个人逛街。一个人散步，一个人做家务。

她问，还要挽回吗？

这个男人，显然先天不足。完全没有发育好。

可是，还要挽回吗？

可以一脚踢飞。你首先要踢。你求他，你挽回，他习惯了。他不会买账。直接踢飞他。

可是，我不是这么教她的。我让她恩威并施，让她适时生一场病，唤起男人的注意与宠爱。一脚踢飞他，是我现在才有的主意。

你看，我也不是时时成竹在胸，我也是在动脑，一招不灵再启另一招。

晚上照例散步。他受风寒折磨，一直不太舒服。半路上，风大的缘故，开始擤鼻子，我夸张嫌恶地走到一边。他有些气结：你敢再这样！不用再要挟一次，我立马靠到他身边，伸去自己的胳膊，身上穿的毛呢衣服："拿这个擦，不用客气！"那人哈哈大笑，这也太360度的大弯了。

我没有生活在真空。我每天也会遇到一堆烦恼。早晨四点半时，被一场噩梦吓得坐在床上。可是生活，从来不会同情弱者。回笼觉睡到六点半。整理我的花草，练了一小会儿字，发到朋友圈里的又是一派云淡风轻了。

窗外芭蕉窗里灯。窗外雨打芭蕉，屋中灯光昏暗，那是一种无法言说（很寂寞，很孤独，很愁闷）的心情。古人的愁苦，都是缝了20针的大伤口外，扎着的蝴蝶结，痛并好看着。窗外有芭蕉，叶影婆娑。屋里有一灯如豆，闪闪烁烁明明灭灭，苦日子也被这样的景象，调进了些许甜味。但愿红尘中的男和女，都能蹚过这道坎。

窗外芭蕉窗里灯（2）

今天写一对小夫妻。在我来去店铺的路上，有一对叫卖水果的小夫妻。

小夫妻来自山东。最初是一辆报废车，没有车轮。开膛剖肚各种摆布，放上了他们的各色水果。

女娃颇有趣。闲的时候，把自己的小辫子编成几百条。油黑发亮惹人嫉妒。

说话舌头有些捋不直。风里来雨里去，女娃喜欢把一张俏黑脸涂上一层白粉，白粉下是明亮的青春，可爱得紧。

平日买水果，买了就走人。没有多加留意他们。忽一日，摊位上闹腾起来。

原来他们的两个孩子来了。

好家伙！两个儿子！女娃自己还一脸稚气，竟早生得两个儿子！询问岁数，一个五岁，一个三岁。

乖乖！

我吓得差点停车不稳。

我在大江苏。我们这里，晚婚晚育不谈，不生的居多。要生，最多一家一个。二胎政策放开，也没见有多少二子冒出来。可人家一生就是两个儿子！

我之所以惊吓，是因为深知培养孩子的难度和花销之大。这个世上，对男人的要求，远远高于女人，所以，生了儿子，压力山大。

女娃不愁。照例编出几百条小辫子来。有客来，就招呼客人。两个儿子晒得黑黑的，摊子前后左右蹦跶不停。没客人的时候，两个儿子一个猴上肩，一个埋在怀里。我突然就湿了眼睛。谁能有她富足！

眨眼几年。不知道小两口用什么方法，居然在一块田地中央，搭起了几百平方米的活动板房。水果摊终于成了店。吃住总算定当下来。货物品种也多了起来。

去买水果。女娃帮着秤。问她老公呢，她嘴一努，几十米外，一个男人在大卡车边叫卖蔬菜。满满一卡车。他们真有头脑，水果不是刚需，蔬菜却是。女娃卷舌笑着说：都守着水果摊，来客人了，他催我，我催他，谁都不想起身。现在好，各人守一块地儿！

我乐了：那你们挣的钱会分开核算吗？

女娃笑得眼都看不到了：都归我！

我和先生哈哈大笑。多么直白的快乐！

每日一句，回到家来写：窗外芭蕉窗里灯。是《长相思》里的。一声声。一更更。窗外芭蕉窗里灯。此时无限情。梦难成。

那里是风声雨声雨打芭蕉声，愁苦难眠。我却读出了额外的诗意。眼前都是女娃笑成月牙般的眼：都归我！

姐姐说我唱歌，哪首歌都唱得明媚响亮。这就对了。生活更多如这对小夫妻，芭蕉如洗一灯如豆，他挣的钱，我挣的钱，都归我！再没有比这更明亮的快乐了！

忍把浮名　换了浅斟低唱

　　我像个疯子。老师说："你帮我配些花草回来。我喜欢到家就看到绿意盎然生机勃勃的。"我在店铺里忙得脚跟不着地，还是抽空去帮老师配了花草。那是我最拿手的活。

　　一盆墨兰，花箭簇簇，栽了棵狼尾在侧。从紫薇那里抠来几个小摆件，男店主热心地帮我用玻璃胶粘了个石头底座。薰衣草一定要有，配了个手绘花盆，花盆上紫色自行车和薰衣草花苞遥相呼应。空中要有常春藤，茶几上得有一盆小叶紫檀，电视柜上是年年有余的盆子，里面配着长寿花九里香罗汉松小组合。我放在车里带来带去的小狗狗，也得帮老师配一下。几下一转，已经配了很多了。卖花的小女人偏偏是老师的粉丝，喜欢阅读老师的文字，又端来几盆花草相送。

　　逶迤拖来，我等不及店主全部配土装盆，指挥一番，就匆匆离开了。老师家先生一到家，惊呆了！如此之多！

　　老师笑着告诉我时，我才知道有多疯狂。做事基本没有预算，平时自己买卖东西也是喜欢的尽数买下。这下麻烦来了。我有事情干了。我得负责把老师家花养活。老师还在病中。养花的事，非我不行了。

去得及时！时隔一周，那些花花们，一个个饥渴的模样。老师家先生看到我，第一句话就是：太多了！我哈哈大笑。把花一盆盆地端到后阳台。用我最拿手的方式，浇灌花草。常春藤、绿萝、迎春、薰衣草、瓜叶菊都得灌水。反复灌，不停灌。老师看得倒抽一口气：得这么浇！还有来来往往探视老师的客人，对我好奇不已。做个花工，很快乐！

真多了。我一盆一盆地浇水，清洗，重新端回原处。一直忙到下午。老师让陪着去办公室盖个章。我拖着老师：今天我不忙，带老师去逛服装店吧！知道老师身体还弱，立马自己保证：就是去散个心。人家店铺开在家里。去看重磅真丝。

服装店在家里果真好。坐着闲谈，空调下面试穿衣服。我把我的咖色小礼帽强扣到老师头上，镜子中的老师，瘦削白皙，文艺时尚。老师平时那么一个叱咤风云的人，这会儿安静甜蜜成一个最温情的小女人。

雷厉风行的性格倒是没变，拎了一件咖色的真丝长衫走人。完了看向我：你就这么铁心地把老师往文艺里打扮？

老师的从前，给了辉煌的舞台，壮行的酒欢腾的歌，一波一波。我要她这之后的日子都是花好月圆：舞文弄墨种花莳草云淡风轻。一个下午就这么溜走。少有的奢侈。

我在纸上写：忍把浮名，换了浅斟低唱。这是柳永的《鹤冲天》，青春也只是一晌的，何不对酒当歌，一切皆抛！码字的当儿，腾讯上弹出一个新闻：中学教师辞去公职，摆摊做肉夹馍收入翻几番。配图上的他，穿着毛衣，系着围裙，蓝条帐篷，老母亲一旁打着下手。哈哈。他倒是彻底！

山水有清音

近来心头堵。

君是多年的好友。她的姑子慧姐姐，干咳月余，一检查，事儿来了。

需要入院，两次手术。前前后后检查、确诊、专家复诊、手术，这会儿还没出院，才第一次手术毕。慧姐姐一直活得天马行空。空间里见过一张她的照片，茫茫戈壁滩，华美招摇的裙，坐在骆驼背上漫步。

君说，这下家里全乱套了。肯定啦，公公婆婆首先不能接受。再有君的老公，作为弟弟要全程陪同。而君本人，父母前几年陆续患上大病。

我更是。八个月时间，一场大病就夺走了我最爱的父亲。所有人都劝我要坚强，所有人都要求我振作。我不是输不起的人。多少风雨不动声色地扛过来了。可是输了父亲，这份痛，是盐霜下的伤口，只要有风拂过，那份疼，就拂之不去欲说还休。

QQ空间一个叫吴云的，他的书法作品，我很少用心去看。不是写得不好，而是他的头像，眼睛一直贴到纸上，觉得那样的一个人，很难写出头绪的。

但今天一早，看到他的说说，彻底改变了对他的看法。他 2002 年就得了肿瘤，然后一路化疗，借书法度过了人生中最黑暗的时光。一路坚持活到现在了。

如此看来，他就是将军。人生路上的常胜将军。写一组山水有清音。人生无处不暗礁，说不准什么时候，暴风骤雨雷霆万钧就来了。闭门即深山，开门即秀水，心中常驻山和水，就听得见鸟鸣，闻得见花香，看得见春天，到底迈着方步，一唱三摇地走来了。我给君留言：让慧重拾画笔。不为成家，只为找回绿色健康的生活方式。

在微信上写着：趁快递还能发货，买些纸笔回家写字吧。这个春节只写字陪家人。不应酬、不聚会、不串门、不海吃、不熬夜。有健康才会有幸福。

柴门闻犬吠

累到晚上，两人便会出来散步。固定的路线，慢慢走。说说话。

说什么呢。说写作和写字。

那么重的江湖气。我到底境界没有他高，对那些重人不重文的，心有愤愤。他说，这些，根本不用放在心上。文字，终在人之上。如果你走的是重人不重文的路，另当别说。要能写出自己的文字。比如我，就从不关心身边的书法人。他说。

是的。他退出纷争很多年了。而我，还处在这些红尘琐事中。确实是要拔腿走出。

说书法。越来越感觉到它的魅力了。他说，这几年专注做淘宝是绝对正确的。决定你能好好生存的一是身份，二是经济。什么都不占上风，便会活得艰难。

是的。生为文人，不必假文酸醋。在经济上站住脚，这个追求挺好。

说话间，走到了一处空地。空地的那边，是一个小的农庄。而我们，脚下是条繁华的街道。有狗叫，远远传来。我轻叹，这狗一叫，小时候的感觉就出来了。儿时的乡村，冬夜静谧得紧，远远近近的狗叫，把冬夜拉得更长，夜幕太厚重，狗叫也掀不开一角。

柴门闻犬吠，风雪夜归人。他说，就这几个字，可以给人无穷的想象。相比之下，现代的文字，如白开水索然无味了。

我只记得天寒白屋贫。他也答不出下句，然后他问，可以续出下联？正在想怎么对来着，我突然记起来了，不对不对，这是下句，上句是：日暮苍山远。他拍案叫绝：这就对了！写得果真好啊！

午夜翻身光满月　破门而入不需邀

　　冬天，爸爸会有一身很酷的服装，叫皮衩。那种内轮胎剖开，用胶水黏合而成的。从鞋子到裤子到上衣，连成一体，手腕那里束紧，脖子那里束紧，整个人灌在皮衩里。

　　村里一群年轻男人都跳入河里。爸爸打头阵，手里拿一根粗木棍，在水面狠狠抡上一棍，然后蹲下身子，一摸，一条大鱼，往身后的鱼篓里放去。正赶上我们放学，追着爸爸的队伍，往前赶。爸爸在水里，我们在岸上，每有大鱼摸上来，我们便尖叫拍手大笑。

　　回得家来，爸爸把鱼篓大大咧咧地往场边上一放，妈妈会迎上来，鱼篓里的鱼满得要漫出来。

　　记不得那些鱼都哪去了，只记得煤油灯下爸爸是个十足的英雄。脱下皮衩，大多时候身上干干的，碰上有漏洞，身上便没有一处干的了。正是数九寒冬，爸爸并不买账，脱下皮衩，在灯光下开始用脱水和小块皮料粘补他的皮衩了。

　　去小镇有事，车子已经开过去了，看到一个老人卖农具，重新折回头。在他的车身下面，吊着一个洁白的鱼篓，用包装带编成的。编得真叫好，形状和爸爸当年用的一模一样，最叫绝的，是上面还用杂色带子做了个盖子，一旁有细绳串着，用的时候盖上，不用的时候，挂在一边。

　　午夜翻身光满月，破门而入不需邀。那是月光，无孔不入无处不在。对爸爸的念想也是。妈妈说，她做活的田头，每天都有一只喜鹊朝着她叫，她问，你是吴生吗？如果是，我就每天喂你米饭和米粥。

长自闲

去看柳柳。停下车子，就看到场边上一根树枝。上面三个通红的柿子，挂着。看文，看文人清供，多是梅枝，或者红艳艳的冬青。这个柿子带回家清供，估计极拉风。

一屋子的人，聊得很欢。我溜出来，四下乱转。屋子的西北角，一个大草堆，我的心一阵狂跳，我看到了宝！

一个坛子一个小缸。我把口小肚子大的称作坛子，把口和肚子一般大的称作缸，不知道对不对。从前的人，拿它们腌咸菜，后来就退出了农家的舞台。不摔又不会坏，搁着嫌占地方，他们都扔到了河里，或者草堆脚下。

我唤出柳柳奶奶，跟她要这两个宝物，奶奶用脚一踢："这东西要了干嘛呀。尽管拿去。"我吓得赶紧制止，可不能踢，坏了就可惜了！

奶奶看我真要，从场边乱草里又抠出两个坛子来。有一个破了，盛得住水呢。我就是玩儿，破不破问题不大，宝贝一般地搬到后备厢去。奶奶追在后面：那成什么样子，帮你洗一下。"不用不用，自己回家洗！"

不敢全搬回家，只拿了一个上楼，门开了条缝，刺溜进了门。儿子唤我，我朝他摆手：快别声张，爸爸会打！

婆婆乐坏了，颠颠跑去要求他儿子千万要说好话，先生看了坛子一眼，虚张声势地夸："好好好！真是好！"

坛子被我洗得干干净净，柿子枝条被插进坛子里。婆婆狐疑地用手摸摸那个红红的果子："这是个什么东西？""快别碰！"我吓她。婆婆火烫一般缩回了手，半天才说："怎么像个柿子？"

肃肃长自闲，门静无人开。每天要处理一大堆事情，我却划出一分自留地来。只长小草小花，只长我的文和字。

醉歌田舍酒　笑读古人书

前阳台不过几平方米，我要把它变成我的终南山。中午的太阳，暖暖的。我拎来一桶水，挨个浇过去。几盆草花，直接送到水龙头下，灌水。

婆婆有些心疼：有这工夫歇歇好了，忙里忙外的。这个不能换钱不能换钞的，歇歇神。

我停下手中的活儿，想告诉她一个词，精神食粮。想想放弃了。

这是我的后花园。对于我正在做的每样事，意义非凡。

我的微信好友里有个卖花的小娘子。很个性，说话也有趣。每天四十多条朋友圈一看就是精力充沛的模样。很多时候还会拍她们家狗狗泡妞，俨然一条汉子。她有个后花园。里面所有的花和花器都是非卖品。每隔一段时间，她就会晒她的后花园。按我婆婆的理论，除非这样东西能直接变现为钱，才有忙碌的必要，否则，没牢坐！

到底眼眶子浅了。她的每样东西，都是几年十几年慢慢淘来的。这些非卖品却让人看出了她的品味和情调。后花园有张小竹椅，垃圾堆里的小竹椅放着朱顶红，只见花不见叶肥硕的大家伙，水缸上有条美人鱼，坐在缸沿。地上一个木头小推车，风吹日晒旧得不成形，车上却有一盆紫色的小菊不管不顾地开着。小娘子并不把她的后花园到处显摆，门半掩着只留一条缝，某天两个路人伸头看到了那片姹紫嫣红，问：可以进去看一眼吗？小娘子说：可以可以！看吧看吧。两个路人看过之后，直接把她店铺前的茶花买走了。

醉歌田舍酒，笑读古人书。这也是我的后花园。我用美衣把自己打扮成俏娇娘，我身上的衣脚上的鞋，并不能直接卖钱，我整个人，却因为这些值了很多钱。

我的婆婆大人，怎么会懂？

寥寥人境外

　　几年前捡来一个宝贝。宝贝回来，自然要陪他玩。
　　带他去二老太家。驱车几十里，并不能直接到二老太家门口。先要把车停在路南面的一家工厂前面。然后提着大包小包的东西，走过狭长的田埂，还要走过一座独木桥。是真正的独木桥，两只脚宽，木头搭着，桥身中间接头的地方，还稀着缝，能看到河床。还好河里没水，少了几分害怕。摸索着走过独木桥，再经过几户人家，便到了一片墓地。过了墓地，两个老人远远地迎了过来，宝贝开始撒丫子飞奔，一头扎进二老太怀里，八旬的老人，硬朗着呢，接过宝贝，各种亲，放在地上，然后招呼我们，领着往家里去。
　　房子快有百年历史了。前排三间，是老的房子。院子后面是儿女们帮着翻建的三间新房，里面吊着天花板装着空调。我却对前面的老房子极有兴趣。老房子旁边有三间工具房，那里才是我的宝地。我探头进去，各种偷窥，宝贝拿着个小铲锹，四下挖挖填填。我发现了好多小时候的记忆。

那种外婆用芦苇编过的折子。专门囤粮食用的物什。圈在屋子中间,可以囤一屋子粮的。卷着放在角落。一口木箱子,上面落满灰尘,被腾空了散放着。我发现了一个小笆斗,哈哈大笑。不太记得这个东西了,只记得那时有个比这个大,两端装着铁把手,装上粮食,可以抬着走的。

小笆斗被我放在屋子中央,宝贝乐坏了,一脚踢来,小笆斗四下翻滚。那可是篾子做的,踢了就坏了,吓得我护东护西,二老太乐坏了:这个东西,之前有个我踹了烧锅了。我急了:"不能不能!"二老太爷78岁高龄,戴着副眼镜,牛高马大,说话斯斯文文,在一边普及常识:这是从前说的斗。升米养恩人,斗米养仇人,说的就是这个。从前约粮食,不用秤,用斗,有个东西,平平的一刮。二老太爷说着,蹲下身做个了刮的动作。我转着小斗看,兴致盎然。我比画着,上面可以贴个大红福字。二老太爷说:你要是看得上,送给你做纪念了。

我想带走。我怕老太又踹了烧锅。

寥寥人境外。我们多少人神往的境地,两位神仙老人却一住多年。屋后一棵大银杏树一百几十年了。二老太爷说,有人出三万元,他不缺这个钱。屋前一棵黄杨,参差成刺槐树了,那个也有人出高价,老人也不卖。一口大缸,破着,底朝上,天然成一个狗窝,一只小狗被拴着,摇头嘶叫,在大缸下面。

乞得田园自在身

  在店铺,来了一个客人买围巾。
  脖子上围的就是我们的。然后箍了一圈,显然熟门熟路,挑了几条,拿在手上让我结算。
  在这个当儿,问我家张大师。我一吓。张大师还是先生在学校时,别人唤出来的。应该是熟人。果真,邻校的同事。语气里特别相熟,说,盐城最近有个比较出色的展览,推荐张大师去看。
  我哈哈大笑。这些活动,他几年了,不参加这些活动了。
  到得家来,他邀请老婆尝他烤的山芋。一个月前,烤山芋的锅就放在购物车里了,双十一时欣然拍下。三姨送来的山芋,一个都舍不得冻掉,用棉衣被层层包裹。
  那个烤山芋,和街上卖的有一拼,干甜暖香。第一次得空打量他的烤山芋锅,平底,更像一个圆筒,盖子和下部严丝合缝,难怪能烤出奇香。后阳台排满了他的各式锅子。双十一就拍回来一堆。有手工铁壶,手工打的铁锅,还有各式砂锅,没来得及一一实践呢。

有些好笑，怕做饭的人，搞了这么一套齐全的锅子回来。他辩解：这不一样！写小楷写中楷用笔不同！写行书还篆书哪能一笔走天下！

是啊，我就记得，从小到大，我家土灶，一个里锅一个外锅，烧烧煮煮十多年一样把我喂大了。

山芋好吃，我忍不住把目光放到他的其他锅锅铲铲上。他有些自得，把锅子端给他八旬老母看："看得见手工打的一块一块不均匀的模样！"老母亲并不能懂，她用了一生脱贫致富，好不容易把家里铁锅才换成了各式铝锅钢锅，她儿子又绕回来了。

买的新书到家了。冬子写的《借山而居》。插图上还有一双穿着黄球鞋的大泥脚。他去终南山租了块地动手开发，生活了几年了。

乞得田园自在身。几年了，我们两个人扎身淘宝，每日上货更新养花种草拍照写字写文看书喝茶侍奉双亲，偶尔和朋友聚聚。倒是觉得，这是我们想要的生活：久在樊笼里，复得返自然。

冬子可以回城了。闭门即是深山。真要借山，哪里不是山？

若有人知春去处　唤起归来同住

每个人都曾有过自己的猎犬时代。

先描述猎犬。一说这个词，脑中必有一狗。那只狗一定是撒腿飞奔，冲向猎物一马当先，身后自是扛着猎枪的主人。

我在 20 岁上，分配到了一所学校。一人一张办公桌。20 人的大办公室。我的桌上放着课本，学校发放的各种教案，还有我从不离手的魔方。在办公桌顶头很小的墙面上，贴着四个字：当仁不让。

记不得自己是想要抢夺什么。那是我的猎犬时代。前方有不明物，让我的嗅觉变得异常灵敏，关于不明物的想象，让我的体内满涨着热情，直像一艘满帆的船，一心向前冲。

只是去上了一堂课，下课就有人找我了。很委婉，但很坚决。让我把那个字拿下来。我有些发蒙。我以为，那只是我的个人爱好，就像我的牛仔裤上缝几个骷髅，我以为那只是我个人的审美。可是，我被好好上了一堂课。总之，那个得拿掉。来人扬了扬脸，办公室正中挂着：为人师表。那才是主旋律。

上班，中途回家拿东西。急急地攀上楼梯，远远地就听一个男人，在柔声唤着什么。跑得近了，却是一条狗。趴在地上，狗的主人，牵着狗绳，正在柔声动员狗狗起身，继续下楼。我从下面抬眼只看到狗的脸，特别小。巴掌大还没有。我招呼着：小狗狗呀？主人答：也不小了。说话间，我已经走到了跟前。果真，身量中等，不算小了。可是狗狗赖在地上，怎么也不肯向前。主人继续呵哄：下去啦！下去走走！

我从他们身边擦过："哇！这毛色！好漂亮！油黑发亮！这是条什么狗？"我只是礼节性赞美，我对狗毫无研究。"是条猎犬。"

不说猎犬，我肯定擦过去了。说到猎犬，我脑海里立马闪现出儿时的赛虎，撒丫子飞奔，豹子一般一往直前。可是，我欠身看了狗狗一眼，狗狗的腿在抖。莫说飞奔，站起来似乎都勉强。

狗爸爸继续呵哄。狗爸告诉我，说可能有几天没下楼了，他不敢了。宝贝乖乖地都叫过了，狗狗还是赖着。

我已经飞奔到自己的家门口了，喘着气按响门铃。

无名的忧伤，漫过心底。

我也已经过了自己的猎犬时代了。这个时候的我，写的内容是：若有人知春去处，唤起归来同住。春暖花开时分，只想着春能永驻，全然一副怡情山水物我两忘的境地了。

再有人要我策马前行，我还能是那只一往无前的猎犬不？

回头想想，那四个字，真正不可思议了。那时，怎么就贴那个内容了？

清晨帘幕卷轻霜　呵手试梅妆

这阵子，我在集中做一件事。把自己整得像拾垃圾的。拾垃圾是世上最有诱惑的职业，很多人向往。比如三毛。

我做过统计，现在中国人平均每人每天收一个包裹，肯定不止。如果是一个，那就是一年365个。全国多少人？

再来一个统计，我们是一金冠卖家，50万笔交易。一个交易一个快递袋，50万个。全是那种无法降解的塑料袋。五百年不化的那种。

我还是一个小卖家。淘宝上还有几百万大卖家的。马大师确实是个风云人物，我也怕，他制造的这些垃圾会把他推上罪人的位置。

然后，我开车，每每看到纸箱，一个急刹，停下来，把纸箱放到后备厢。我动员店铺小花们，但凡收件的纸箱，一律不能扔，店铺里能利用的旧纸箱，一定要重复利用。我花最大的决心，把快递袋改成了可以再利用回收遇水则化的纸箱。快递袋是快递公司提供，纸箱需要自己购买。每个月多出七千元的开支。这么大的相差，但我还在坚持。

客人莲花把我们每次发货的名片和手写信，集得多了，回寄给店铺。

我和她一样，做得都很有限，距离我刚才的统计，杯水车薪。但我带着我的孩子们，还在做。今天一个上午，整理出几十个可以再利用的，相比每天近四百个的用量，聊胜于无。但总是在做。

　　清晨帘幕卷轻霜，呵手试梅妆。说的是清晨起来，将帘幕卷起，看见满地清霜。天气太冷，你用热气呵着纤手，试着描画梅花妆。这是写歌女的惆怅，写她对爱情的向往。和我今天的主题，似乎不搭边。可是，蓝天碧水那也是我的向往。走哪里都有花香与鸟语，那是我的爱情。我每天写字写文，那也是细细描摹我的黛眉，只等迎来自己的山阔水长。

枯树聊为伴　残月且当灯

朋友传来一幅作品。

为小城梅花湾写的。

书法作品加自作诗词。

我看出一身汗。

有次我发说说，说江湖体根本不用练。怎么大胆怎么写。我的雷朋友说，小先生，他们唤我小先生，因为我确实小他们很多。江湖体也有体的。是二王米、苏东坡黄庭坚的字，只是练得走样了。

我哈哈大笑。原来他们也知道来路。

很多书家，学书一辈子，唯有不肯临帖。怕。怕自己学得太像。怕太像就失去了自己。

你倒是先写写像撒！

最简单的一点，写像，都做不到。

然后一路油滑。那个字，真正汗颜。

然后是诗。大白话。全是口号。政治式口号。

不管时代到哪一步，艺术，它首先是美。脱离了美，一切皆下品。

再加上功利的说辞，那是浪费纸张。

30岁时。特别觉得自己是个人物。字写得不错，颇拿得出手。欧阳中石替我们上课。有人扶进来的。凑过去把作品给欧阳老看。老人突然严厉起来：你自己！你自己！你就怕没有了你自己！这样的作品，光有自己，又有什么用？你学的是书法！

只恨自己年少轻狂。很深刻的一课。

从此。收余恨，免娇嗔、且自新、改性情，休恋逝水，苦海回身，早悟兰因。谢绝所有应酬，辞去所有赛事。只做一件事，临帖。深入传统。

公众号是我做的。很多人跟随着练字。热衷赛事的，不收。不肯临帖的，不收。还没写几个字，急着入书协的不收。

我只做一件事。教会大家踏实写字。

写到张充和那样，还只会谦虚地说：我就是玩玩儿的。

我们也只是玩玩儿。和老树一样：枯树聊为伴，残月且当灯。残墨破笺度时光。

肯与邻翁相对饮　隔篱呼取尽余杯

看傅抱石画册。半山腰上，一老翁坐着。面前是滔滔江水，头顶一轮明月。老翁对月在放歌："天上一个月亮，水中一个月亮。天上的月亮在水里，水里的月亮在天上……"歌声苍茫，无人应答。只有江水被惊得四起，拍打河岸，哗哗的流水声，心里更起孤寂。画上题：青天一明月，孤唱谁能和。

特别喜爱他这类题材的画。至于晚年更多气势磅礴的画作，我反倒不算太喜欢。当然，他的晚年实在也不算晚，六十就突然发病去世了。也好。省去了特殊时期的非人折磨。

再写文写字，便有了追寻的方向。在纸上写：肯与邻翁相对饮，隔篱呼取尽余杯。这是丰子恺画上的两句。老树画画一下子就火了。其实，他的画，可以看出，受丰子恺影响很深，他的歪诗，也更多"肯与邻翁相对饮，隔篱呼取尽余杯"的萧散淡泊。

晚上的月亮好得不成样子。和先生跑去姐姐门市那骑小自行车。姐姐的门市是一排民居。房东奶奶设宴请他们吃饭，烧的小土灶。月光洒在屋顶，炊烟在屋顶上腾腾一片，如云如雾，小屋里红男绿女笑语喧哗。我们牵手看呆了，房东奶奶系着围裙，挥着勺子唤我们：小姨两口子啊，来吃饭来吃饭！

房东奶奶要是作画，铁定傅抱石、丰子恺第二。

清净香洁

  几乎是上车的瞬间，我就知道上了贼船了。但我们别无选择，因为过年，很多平时用得顺手的方式，都行不通了，且姐夫行动不便。我们又是浩荡六人。

  是的。我们有六人，光天化日之下，他们能怎么样？

  导游叫小傅，匪气流气几句话就出来了。每说一句话，停下来问大家，能听懂吗？跟小学一年级似的，一年轻小伙子答：听不懂。脸色一沉，立马请人家下车。小伙子二话不说，带着他的四个家人上了另一辆车。我也有下车的冲动。只是妈妈这次来是有任务的。她要沿着爸爸的足迹，去爸爸去过的地方和爸爸没有来得及去的地方。

  导游一路连哄带吓，说话水平相当拙劣。他在这一路做导游，靠的就是这种流氓手段。临下车时，车厢里人威吓得温顺了，两口子从车子最前面开始收钱，莫名加收，每人加收一百六。不是个小数目，奇怪的是，没有一个人反抗，满满一车厢的人，没一个反抗，姐姐最不放心的是我，欠身警告我：今天平安到家就好。

这都什么事？！

还好爬长城是开心的。姐夫拄着拐，爬到一个小平台上，我们替他照了很多相，留下儿子陪他，继续领着妈妈往上爬。上一趟是姐姐带爸爸来的，几乎每个台阶，姐姐都能准确回忆出爸爸当时的情形。妈妈鼓足了劲，手脚并用往上，前进，再前进。我和先生，跟随在妈妈身后，专职替妈妈拍照。妈妈很配合，不时转过头来，由着我们拍照，只是不肯笑，怕自己摇动的牙齿太不好看。

只在报道里看过坑人。没想到，余下来的时间尽在一个个坑里。爬好长城才两点，从两点起，我们亲爱的导游便不再带我们游了，而是把我们拖进一个又一个购物景点，买北京烤鸭，买北京果脯，看北京杂耍。

骗子的手艺并不高明。一个叫李什么修的所谓书法家，被小剧院请来，当场挥毫，说李大家一平尺要几千的，然后这种绫裱装修，还是多少钱。然后慈善地说，大家相遇一场不容易，现在就地拍卖，仅三百元。手快有手慢无。来不及等观众抢拍，刚才还是稀世珍宝的一件作品，立马变成八件了，说之前李老在休息室先备了七件。好吧。然后说，仅八件，要的第一时间举手。现场那么多人，生怕错过千载难逢的机会，手高高举起。主持人等不及实现自己仅八人的诺言，八个举手的人点过之后，还有举手的，直接排到了李的身后，等着李帮自己挥毫。

那个字，惨不忍睹。那个就是对书法的践踏。我很少评别人的字，实在按捺不住了，发到朋友圈，骂声一片。

然后我发现，很难逃脱了。天已经完全黑下来了，这些拙劣的人并没有打算收起他们的一套。我们的车牌号是894。车子把我们送到一个地方，自己就转去其他地方接人了，而我们被他们圈在他们指定的圈里，听各种人诱购。

那是个乳胶枕场地。骗子们在全力表演，我已经丧失了配合的耐心。我开始求助逃脱的方法，姐姐也已经发现有几个家庭巧妙逃脱了。

还是逃出来了。我们搭上另一辆车,只给姐夫争取了一个座位,我们就挤在人群里逃了回来。到达地铁 8 号线入站口时,我们长舒了一口气。

踩着一脚鸡屎,你不会死,但会被恶心死。

我没有现场戳穿他们,一来为自己和家人的安全着想,二来很想亲身体验一把,这些无良商家的拙劣表演。

一觉醒来,我把游长城的不快统统忘光了,只记住带着妈妈爬长城的一个小时,幸福快乐。清净香洁,是佛教里的一种境界。我惊讶于自己的忍耐,居然从上车就知道是个骗局还能冷眼把他们的表演从头看了一遍。

提示:凡是车站举牌揽客的,一律不可信。难度再大事情再迫切也离他们远点。对你只是一生一次,对那些人,只是家常便饭。

古今输赢一笑间

说好了，就为爸爸写这一篇文，以后短时间都不会再去专门想他。今天爸爸71岁生日。

我不知道，我可以怎么为他庆生。去年的70岁生日，还是他自己张罗的。他约了自己的一桌好友，还有一桌是他去上海看病，前前后后围着他转的我们的同学亲人们。

站在饭店的门口，望眼欲穿。他的生日，早在春节时就几桌宾朋替他庆贺过。人在冥冥之中，一定有某种暗示。生命的尽头，自己一定会有预感。爸爸执意在自己生日的这一天，再请一次客。他那么执着地等待，应该把这个生日，当成华丽地谢幕。腾龙集团的肖总，人在外地出差，差驾驶员送来鲜花，我发了长串感激的话过去。若在平时，我又会批评他麻烦别人了。可是，我的他，再不麻烦别人，还会有机会吗？

即便是预感，也断断不肯认输。我怎么会相信，我的爸爸竟等不到自己的下一个生日了。

容我替自己的父亲，三年缟素，报他养育一场。容我粗文三千，掬一朵献于父亲坟前。容我，再放任自己，在爸爸膝前悲声一回。我可以输天，可以输地，唯独不能输了你！

古今输赢一笑间。放下，何其难！人人都劝我，就当爸爸去了远方。他在另一个地方一定活得很好。我开心快乐地推开他的家门，我对着镜框，欢快地叫着：爸爸！我用手抚去镜框上的浮尘，我把他抱在怀里，我用脸颊贴着镜框，我在他前面的烟缸里，点上一支烟，我站着等他吸完，我脆着声音说：爸爸，那我回家啦！

才发现，自己已经一个字音都发不出来了。出得家门，带上他的纱门，站在楼梯口朝东望，两桌爷爷正在打牌。爸爸每天坐的位置上，又有了新人。倚在他每天摸着爬上来的楼梯扶手上，溃不成军，我的坚强。

且插梅花醉洛阳

　　电脑跟前坐得太久。他说，必须规定时间出去放放眼睛。

　　清晨的梅花湾，我们两人的包场。看着他，觉得有些奇怪：你怎么没有一点书法人的装束？他问：指的是什么？我乐：比如，手串。比如对襟唐装。还有人造型要奇葩得多，长髯、披肩的发。

　　他说：一直以来，我只看两个人。一个是欧阳中石。他就是一个普通的老头子。比其他人清爽一些。还有一个是王镛，全然一个普通人，没有半丝与众不同。

　　他隔了一会儿：不过。手串呀佛珠呀，确实可以唬很多外行人。

　　难怪，他可以研读经典目不斜视直追传统从不分心。从来不去关心书坛的你来我往，也不参与那些帮派站队。

　　诗万首，酒千觞。几曾着眼看侯王？玉楼金阙慵归去，且插梅花醉洛阳。宋代朱敦儒的诗句。玉楼金阙哪里肯去？且在春光里吟诗万首醉酒千杯，插枝梅花便到洛阳花城。

　　好。都陪梅花去吧。春天最应该忙的事情就是留住春光：曾批给雨支风券，累上留云借月章，其他事情不要找我！

风烟俱净

再不丢两个字,我就要成久晒太阳的鱼了。

有很长时间了,我把写字当成对自己的奖赏。六百平方米的库房,辟出四十平方米,客服包装。当时还觉得空旷。后来,东西越堆越满,地方越变越小。一排四台电脑,最边上的,就是我的。一早开门,打开电脑,处理夜里和太早上线客人的留言,布置客服和发货小花们任务,我就会坐在那个战场一般的地方,偷闲码几个字。旺旺叮咚,QQ咳咳,发货的胶带拉得哗哗响,送纸箱的,唤我,跑过去,清点数量,帮着码好放齐。加工设计的新纸到货了,81箱的超大阵容,楼下的场地一瞬间排满。墨汁厂方来提货调换,快递公司电话交涉,省内现在收费低得吓人,为什么不多走他们?丢两个字被唤走,跑过来再敲几个字。

艳子就是个会搅事的人。发货忙得脚跟不着地,却有空把手机里音乐放到最大,脚步飞旋音乐狂响。手里在哗哗扯着胶带,嘴里告诉我们快递公司里各种段子。

对。我的所有文字,都是在这样的环境下,敲下的。落霞与孤鹜齐飞，秋水共长天一色。那些喧嚣，成了我文字深处的背景音乐，我的眼前，可以幻化出一幅幅想要的画面。

新来的宣平，22岁了，才出校门。说话还奶声奶气着呢。华子只大她一岁，就已经闯天下几年了。一个客人拍下的单，还没付款，为了锻炼宣平，让她打电话。很有趣，小丫头不敢拍板价格，又不能主导对话结束时间，客人一直拉着她讲价，她不敢答应又挂不断。我哈哈大笑，示意她果断收线。紫云庄格调从来高古，谁允许她谈成了菜市场？

风烟俱净，天山共色。从流飘荡，任意东西。爱极了这几句。忙完的时候，钻进一个当地的群里小闲，听得有人唤出我的名字，直吓得退了出来。有多久了？我们成了最自由的两个，偏安淘宝的一隅，写字，陪大家写字，在大伙儿写字时，递过纸笔墨砚，充当书童，陪在身侧，俏皮几句。偶尔冒充拿戒尺的，假假地扬起，并没有必要落下来。毕竟，都是玩儿。学的是玩儿，教的更是。

惊觉相思不露原来只因入骨。

我的QQ好友，有个前辈。我确定他是前辈。因为他的头像，用的是本人。剪的光头，脸上颇为沧桑。应该是前辈的年纪了。

有意思的是，每次都会弹出他的相册。是一个姐姐。每天都有特写。姐姐是个极其热爱生活的人。她的衣服，绝对惊世骇俗。宝蓝一定配明黄。桃红一定配柳绿。还有，一身白衣，艳红的唇。还有，黑色长袄，一定有一条火红的围巾荡漾着。

我很满意前辈的高调。一般到这个年纪的，多半不会晒爱人的照片了。还会有两个人的合照。姐姐茂密的黑发，前辈光光的头。姐姐五光十色黑底毛衣，长长的睫毛，臂上搭一条七彩虹围巾。前辈一件红格子短袖衬衣，肚子微挺，好不福气！

微信好友里有个谢老师，是画画的。平时写字画画四处看展览交友喝茶论人生。这些我很少驻足。最令我最动容的是他拍的夫人照。平心而论，夫人娴静端庄，中人之姿。可是谢老师却肯用很多篇幅特写夫人。今天又是一组照片，夫人站在一个展厅里，白色无袖T恤，肩上几朵小花栖着。又有一张，夫人站在船上，人影影绰绰，却有绿树如华盖。再一张，坐下来了，还是那件白色上衣，长发中分，笑得恬然安静。还有穿着厚皮草的，随性驼色毛衣的，再有牛仔短裙头戴棒球帽的。

　　深情的男人多。我家的便是。但深情又肯表白的不多。比如沈从文说，还是早点睡吧，这样至少可以在梦中见到你。再比如，手冷得连字都写不好，要是你在身边就好了。

　　谢老师无疑是这样的男人。其实爱情和爱好一样，爱的人多了，精力便有限，也很难爱出一定的高度。爱好更是，会的东西多了，必然分散精力，最终什么都做不好。

　　惊觉相思不露原来只因入骨。一整天，我在电脑前忙得到晚上才来得及喘口气儿。涂下这样的诗句，喜欢这个节日，梦想着那个人也可以这么向我表达。可惜他不会，只会在我嚼完甘蔗时，押着我来一口白开水，说，用这个冲冲淡，太甜不好。

柳絮池塘淡淡风　清风明月无人管

　　这其实是两句诗。清风明月无人管，并作南楼一味凉。我突然把自己抽空的。抽得像活在真空。

　　一大家子涌向菜市场，各人点自己喜欢的菜。我选的是一把小红萝卜。萝卜特别小，橡皮勒着缨子。红果绿缨子，果然好看。

　　我很少做饭，姐姐蹲在地上，用小刀细细地剖着萝卜。端上桌子时，直接像盘工艺品。都伸向盘子，我惊呼：等我拍好照。

　　是好看，绿色的缨子，姐姐剁碎做底，放在下面。上面小红果拍碎皮被层层掀开，红红白白。再一伸筷，微香浅咸清爽嘎嘣脆。

　　吃就是一门至高无上的艺术。张大千、汪曾祺，这些家伙最爱的都是做饭。梨花院落溶溶月，柳絮池塘淡淡风。我把这两句八竿子打不到一处的诗，写到了一起。因为，我想做这样的倡导：并不是所有的西红柿，都要做了蛋花汤。中年之前，我做的事都有深深的功利，升学、就业、工作、奔忙，这之后，就不必活得那么蹬手舞脚了。可以多做无用的事。就像烧饭做菜，无非满足口腹之虞，可是兴致盎然地拿它当事做，就能柳絮池塘淡淡风。就可以闭目凭栏明月清风无人管了。

老马耕闲地

　　临午休的时候，我在手机上拍下那个白色电吉他，买家留言那里打上：送给老婆的圣诞礼物，麻烦店家写张纸条：祝老婆大人天天快乐。捂着嘴狂乐着下线。

　　那人刚要入睡，听系统提示音，他问：你拍什么啦？

　　我涎着脸："帮你拍了个礼物送给老婆大人！"他拿来手机，看到留言忍不住笑了。

　　前几天忙坏了，这几天蔫蔫着，嘴角一排泡，还没好些，新添了耳鸣。不想做事，纵容自己折腾花草，这么拍那么拍，朋友圈里各种晒。一个卖鞋的问我："你淘宝店生意好吗？能养活自己吗？"

　　哈哈。不怪人家质疑我。我这么不务正业的。

　　每一个认识我的文友，来看我的库房，惊得半天都闭不上嘴巴，一直以为我就是个皮包公司，哪里知道我围巾库存就那么多。不吓人，专做围巾时，确实一个爆款一个月销掉七千多条。一款裤子前后卖掉一万多条。现在做纸笔囤货更多。人家送货都是用卡车装来的。

所以辛苦。

可是，再苦，也得自己找个乐子。比如，伸手要个小礼物，无耻地自己拍下，自己留言。

淮水秋清，钟山暮紫，老马耕闲地。世事纷纭，总能找到一丘一壑适合你快乐终老。

我自不开花　免撩蜂与蝶

天鹅弟弟是爸爸的小病友。某一日幸福地打开手机，让我们看他结婚照。

我一愣，他女儿八岁，儿子也五岁了。"是啊，我们新婚！儿子女儿当小花童！"

我没有听错。天鹅弟弟不是我们江苏人，他们那里男人和女人对上眼了，先领结婚证，然后住一起，然后生孩子，生下来的如果是男孩，就立即举行婚礼；如果是女儿，那就等生到儿子时再举行婚礼。

不寒而栗。

"那要是一直生不到儿子，不是永远举行不了婚礼啦？"

我有些怀疑，弟弟和我是同一个国度吗？

一早腾讯新闻上，一个母亲砍杀自己的五个女儿，只有一个幸存。那个母亲也才32岁。家徒四壁五个女儿，老公长期在外打工，这个女人果真就是个生娃机器？

这辈子不生出个儿子就得一路生下去？

我是 70 后。我爸妈生出我和姐姐之后,我妈就坚决不再生了。我爸刚过世,两个女儿不要把他打发得太好呀,传统的养儿防老传宗接代果真重要?

我自不开花,免撩蜂与蝶。我常常刻意让自己保持一种低调,却每每口出狂言。一个女人,我不想撩蜂与蝶,但我一定要保持这样的实力,才不至于让自己沦为一台生育机器,不至于在婚姻小舟出了状况时仰男人鼻息且手足无措并殃及下一代。

鬓微霜　又何妨

不要说谁成功，谁都不会轻易成功。家里有套《白居易全集》。厚厚六本，丰产高质，叹服又叹服。印象最深的就是：他个大男人，对自己的白发特别在意。

40岁作《初见白发》："白发生一茎，朝来明镜里。勿言一茎少，满头从此始。"一叶落知天下秋。一根白发，白居易大人就慌了神。不要说一根白发少啊，满头从此开始！

真正惊心！

43岁作《重到华阳观旧居》："忆昔初年三十二，当时秋思已难堪。若为重入华阳院，病鬓秋心四十三。"44岁作《谪居》："面瘦头斑四十四，远谪江州为郡吏。"45岁作《四十五》："行年四十五，两鬓半苍苍。清瘦诗成癖，粗豪酒放狂。"

难怪白大人在发现第一根白发时会倒抽一口冷气！区区五年，从一茎到半苍苍，这个增长速度，直追神七！

51岁作《曲江感秋》："元和二年秋，我年三十七。长庆二年秋，我年五十一。中间十四年，六年居谴黜。……晚遇何足言，白发映朱绂。66 岁作《六十六》："五十八归来，今年六十六。鬓丝千万白，池草八九绿。"年过古稀作《喜老自嘲》："面黑头雪白，自嫌还自怜……"这样按年龄写下去，直到他在香山寺终老，75 岁作《自咏老身示诸家属》："寿及七十五，俸霑五十千。夫妻偕老日，甥姪聚居年。"

纵观白大人的后半生，几乎是白发与诗歌齐飞，池草共诗途一色。这几天，我有点紧张，手掌心黄色。先生帮我百度，各种查询。我点开好友清，清说，要不来做个体检。想想又没有哪里不舒服，还是再等等。晚上那人唤我帮他喷乌发水。我往上喷，又拿手揉进头皮，我突然叫了起来：我的掌心原来是这么黄的！他也恍然。

那个人特别有意思，遗传的原因，头发早早白了。又是个操劳的命，更是多情催得白发生。这几年都崇尚绿色天然环保的生活，所以，不染发。吃黑米粥，最近又找到某乌发世家，中草药调理。倒是我，顶着白去的发，不染，也不管。

中午看老师去，老师身体才开过大刀，不想染发。发又白了。最近往她那里溜得多，受她影响很多，她日理万机还能把家里拾掇得一尘不染。我学她，用一个月的时间，把家里收拾到每个角落都可以拍照。老师除去遮瑕的帽子，头发柔顺地贴在两鬓，一场大病，逃过一劫。历此大难，老师倍加豁达。

苏子当年：酒酣胸胆尚开张。鬓微霜，又何妨？老师在盼着早日康复，可以重上疆场。我还在闲唠，那边电话已经催来了，物流货到了，等我过去清点。那些关于白发的惆怅脑后了。

朋友说，你的朋友圈，比公众号有趣得多。是吗？配了盆花：我生君已老。

君生我未生，我生君已老。用我的绿意装点你的衰颓，这是何等的情深。就这盆花，配上这段文字，给每一段生不逢时的情爱，拿去不谢。

第二辑　无上清凉

　　翻弘一的帖子：无上清凉。其字墨满笔缓，不激不荡，单纯而清莹，肃穆但不华贵，清淡不失丰厚。是初秋的几滴雨，没有一泻千丈的滂沱，却一下子浇灭了逼人的暑气，天一下子远了，风，吹到脸上，一下子便有了凉意。

但饮一坛酒　且书满墙字

1

滴酒不沾，却醉过一次。去好友家玩。他们在我们的北方，格外热情好客。劝酒。我们这里也劝，巧舌如簧，各种段子只为你肯端起酒杯。遇到这种情况很好办，把持住自己，咬紧牙关，人家又不会灌你的。可是好友那里不同。他们只给自己倒满酒："你能来，我们真开心啊！"不等我看他们，一饮而尽。正要说什么的，好友又来了："好事成双，我再干一杯，热烈欢迎我的老同学！"我目瞪口呆，来不及反应，好友又来一杯："在我们这里先干三杯才显诚意！"仰脖又是一杯。我咚的一声起立，忙着往自己嘴里灌，我拿不准我的好友会不会自己再来个四四如意。然后，我烂醉如泥。

2

酒醉其实是最普通的醉。这个世上却有别样的醉。"兴尽晚回舟,误入藕花深处。"我觉得这个分明不是酒醉,这个醉的是藕花。郑板桥的:"白菜青盐糙米饭,瓦壶天水菊花茶"这个是茶醉。最负盛名的"太守与客来饮于此,饮少辄醉,而年又最高,故自号曰醉翁也。醉翁之意不在酒,在乎山水之间也"。这个醉翁,醉的是山水。千古名联:茶亦醉人何须酒,书自香我何须花。这便对了,世上凡令自己神魂颠倒黑白莫辨的,便是醉。

3

说说张旭吧。那个家伙,典型的酒疯子。每次喝醉了就草书。酒至深酣,人起身,立于墨坛前,嗷嗷狂叫数声,断然把头插进坛中,猛然抬起,走至书案前,低下头,整个头发铺于纸上,再次吆喝数声,拖发前行,所到之处,墨迹四起。待得酒醒,自己也不敢相信会有那般的神奇。诗人李颀《赠张旭》描其态:

"张公性嗜酒,豁达无所营。
皓首穷草隶,时称大草圣。
露顶据胡床,长叫三五声。
兴来洒素壁,挥笔如流星。
瞪目视霄汉,不知醉与醒。"

哈哈,终于知道现代丑书他们为什么写字时喜欢大叫,喜欢狂舞,喜欢用左手写字,喜欢拿拖把扫字,喜欢用长发刷字了,原来张旭给了他们榜样。只是他们忽略了一点，醉后书法，前提是醉前你的字就要足够好，比如张旭，如果醉前字平平，哪来醉后神异效果？我爸一生饮酒，按酒量也能排行个大书法家了，可惜他老人家毛笔都抓不稳的。

4

其实便很好懂了。但凡可以写得一手好字，吟得锦绣文章，醉，常收到好的效果。这个醉，不是真的要酒醉。会写字的不会喝酒，就拼命捧着个白酒天天练酒量，醉，是你要能沉迷其间，你要能醉在其中，不能自拔不甘自醒，又要能进出自如醒醉由己，"醉能同其乐，醒能述以文"那是大境界。

5

再说怀素。怀素字好，也值钱，买不起，却骗得到。有的是办法。

先把家里所有的墙，都刷白了。刷得越白越好，且把你的紫藤凌霄啊，统统挪一边去。只留白墙。然后，备酒。酒不是梦之兰、海之兰一瓶瓶一箱箱地备。是用那种大坛子，酱色大酒坛，上面贴着大红福字的大酒坛子，排上一排。满满一院子。然后一张小木桌，几碟家常小炒，骗得怀素上门来就可以了。怀素敞着怀摇着小扇子，吸着鼻子踏进了院子。注意，吸着鼻子，那是被酒香引来的。

一屁股坐在凳子上，这下好了，你就负责倒酒吧。喝得兴起，不用你求字，只听怀素大喝一声："笔墨伺候！"你的粉壁长廊数十间，就见怀素提笔疾书于粉墙之上，其势若惊蛇走虺，骤雨狂风；满壁纵横，又恰似千军万马驰骋沙场。李白赞："吾师醉后倚绳床，须臾扫尽数千张。飘风骤雨惊飒飒，落花飞雪何茫茫。起来白壁不停手，一行数字大如斗。

恍恍如闻鬼神惊，时时只见龙蛇走。"李白自己也是个狂徒，斗酒诗百篇的，看看！酒真是个好东西！能喝酒你就是个诗人，要不也是个书法家的！后人评："醉来信手两三行，醒后却书书不得。"

写到这里，我突然泪流满面。伤心啊，曾巩一幅字2.07亿元的天价，只可惜怀素那么多字，都是写人家墙上的，那是多么浩瀚的人民币呀，可惜全被拆迁办毁了！

6

夜已深，开始写一个大幅作品。在此之前的，全是准备。先拿一本帖，通临。两小时之后，转入大幅作品的创作。这个很重要。不能一下子进入创作。两小时的热身，也不能少。两小时足够自己沉醉到字的世界里，每到那个时候，如果是酷暑，一定会写得手脚清凉，心底凉风四起。铺开想要创作的大纸时，笔走龙蛇酣然如醉。如果能一气呵成的，这种作品一定是自己的兰亭，相当于醉后疾书，基本醒后却书书不得。

如此，写得写不得一手好字，与酒量毫无关系。你要舍得让自己沉醉，醉于字间，不肯醒来。

秋兴赋

1

　　一起吃饭，同去的驾驶员，自我介绍，我打断他，说，这孩子我认识。桌上的人，愣了一下，以为我误认为是主人儿子了。我说，不是，他是王港的。我教过。

　　驾驶员吓了一跳。他没认出我来。

　　按理，他从七八岁长到三十岁，变化应该很大了，可是我还是一眼认出来了。我从二十岁长到四十岁，成人应该变化不大，他愣是没看出来。人生从十岁到三十岁，那是从春天出发到夏天。只是绿意更深花开更红。而从二十岁到四十岁，那是夏迈向秋。那是叶落花开两重天。人往中年，变化其实是相当大的。是那个树端的鸣蝉，秋意逼近，歌唱也换了副嗓子的。是那树渐至尾声的合欢，粉还是粉着，却明显看穿月升月落，更多沉默似金，只等秋意更深，走向最阔大苍茫的冬季。

轮回，说的却不是自己了。是后代，接着你活出春天来。

2

秋兴赋是潘安写的。序上说他 32 岁上，有了白发。潘安是历史上最帅的男人，白发对他的意义，比起旁人严重多了。他一下子心有戚戚，一时产生退意。然而，有些想法有是有了，正值高位，哪里真正舍得退下？就这么一咏三叹的，直到真正老去。赵孟頫闲居赋之后又写了这篇秋兴赋。一个书家，一生那么长，每个阶段的字都会不一样的。写秋兴赋时，赵才 28 岁。很有意思，28 岁正是枝繁叶茂的盛夏，他的书艺也才在上坡的路上，所以，待得晚年，有人收录他的作品，赵老颇可爱，赶紧在秋兴赋上题：这个确实是我写的呀。当时 28 岁。

秋天，在朝气蓬勃的年轻人眼里，只是季节的更迭，在发现第一根白发的美男眼里，那是不得了的大事。在文人墨客眼里，那是寂寥、愁苦、悲鸣、萧条、荒寒、枯索。赵孟頫当年写这个字，恣意流畅笔走龙蛇，估计是一路蹦跳着写下来的，笔端是流得出来的盎然绿意。

3

我喜欢这样的欢欣鼓舞。就像白石老人的《秋声》，四片芋叶阔笔写出，两只蟋蟀一唱一和，飞出画外的音符每一个都带着秋天的喜悦。公公一生儿女七个，最小的——我家先生，生在秋天，老人家在路边，一口气添了十个大碗，大碗吃饭大碗喝茶，公公是最地道的农民，他不懂那些秋风秋雨愁煞人，他只知道，到了秋天他就会粮满仓满丰收有望。

4

欧阳修的《秋声赋》特别有趣：老先生深夜读书，听得外面：初淅沥以萧飒，忽奔腾而澎湃，如波涛夜惊，风雨骤至。当下大惊失色，忙令书童出去看看。童子一看：星月皎洁，明河在天。不禁抚掌大乐，同一片蓝天，不同的人，看法咋就差距这么大呢！

爱煞张充和的秋兴诗了："闲窗窈窕暮云垂。"那是怎样的一个俏皮女子？竟得闲窗也窈窕了。

5

这几天酷暑难耐，研墨铺纸，书一帖《秋兴赋》，用的是米芾的纵横驰骋，顿觉清风徐来，凉意迭生，写至后来，鸣蝉渐悄，小虫唧唧了。

淡墨秋山帖

1

有一种花，叫太阳花，又叫不死花。初夏播种，盛夏绽放，夏走向秋时，到它的最盛期。

去上班的途中，有个花池里，种着太阳花。亮玫红的、深红的、水粉红的、橙黄的、菜花黄的、浅乳黄的、淡米白的、深宝蓝的、湖水蓝的……叶子细小，花也不大，却是重瓣。太阳初升，它便朵朵张开，自在热烈，不管不顾。奋力骑车，每到这里，总要停顿一下，车子绕着花池，小转片刻。

一边的丰山大厦，闲置几年，终于启用，大门边的喷泉，一拨一拨，喷得很欢。不远处是个做手抓饼的活动车。一年365天，天天在。这会儿店主不知道在哪儿，两张塑料凳在车子后面，一张橙黄一张果绿，旧且凌乱的活动车一下子生动起来。

今日立秋，朋友圈里秋声一片。

2

老树今天的画，身后一墙藤，藤上数只瓜。浓烈热闹。墙前一个白衫男人，端坐桌前。桌上一瓶花，一本书。桌下一凳，一猫耳。与身后的热闹，形成鲜明对比，男人落寞清寂。配诗：

> 远山秋云乍起，平野渐次苍黄。
> 小院瓜熟蒂落，手边一茶微凉。

掩卷沉吟，片刻疾书：
淡墨秋山尽远天，暮霞还照紫添烟。
故人好在重携手，不到平山谩五年。
米芾的淡墨秋山帖。常常不敢写，一写便入米太深。
只是，那份深爱，岂能避开？

3

去镇江玩，因为是跟路，什么都没动脑筋，我那损友友，最后一天才问，米芾公园去不？想砸她的心都有了。四五一行，两辆车赶去的，那些家伙却不爱书法，说站在公园外等我。让我慢慢欣赏。

猪八戒吃人参果肯定是那个味道。公园很大，依山傍水，几步便是一处风景，只是我还惦记着等在门外的友等，岂能慢慢欣赏？匆匆掠过，那么大的公园就我一个人，有些怕，怕迷路，找不到出去的路。

想象着可以看到米芾真迹的，却没有。单单瞻仰他生活起居的地方，我还是少了点游客的狂热。也罢，待得后面有空，来山上小住几日，过过米气。

4

米芾这个淡墨秋山帖，看到最后一句，扑哧乐了。推算他这个帖子写于中年，比老树的50多岁还要稍稍年轻一点。所以老树可以小院瓜熟蒂落，手边一茶微凉，我们的米大人却在庆幸：故人好在重携手，不到平山谩五年。哈哈，谩是骂的意思。和故人从前就有约定，咱空了就去平山玩呀。友人连连点头，好说好说。一边好说一边等了很久。某一日友人记起那个承诺，连忙安排了车马人等浩浩荡荡赶往平山。平山也许就是一个普通的山，可是米大人喜欢呀，和友人能携手登山，米大人更是开心啊。你要是再不来，骂不死你！我忽然掩口偷乐：这个故人，莫非是个女人？

5

米芾的字，走得相当正道。开始学的唐人的。后来苏东坡跟他说，你要走得远，必须学古人名帖。一语点醒梦中人，米芾发愤钻研魏晋以下来的名人名帖。水平可谓了得，复印机第二。王羲之、王献之的他只要模仿一定乱真。模仿之后一定要出新，某一日他突然脱去了所有古帖，开始刷字，刷出他自己的东西。因为有深厚的古帖功底，创作时自然可以从流飘荡任意东西，出于古又不泥于古，就这个淡墨秋山帖，短短28字，变化无穷气象万千。是我一早看到的太阳花，一朵有一朵的风情。"淡""墨""平"等字重鼓响锤、唢呐冲天，"故""人""好"等字又如三月轻雨提琴慢诉，这是奔流的溪水，时而淙淙而流时而哗哗而下时而迂回受阻喑哑微声。这是纸上弹奏的《琵琶行》：大弦嘈嘈如急雨，小弦切切如私语。嘈嘈切切错杂弹，大珠小珠落玉盘。

6

淡墨秋山帖是米芾自创诗词。他的诗词颇负盛名。且看《满庭芳》。

窗外炉烟自动，开瓶试、一品香泉。

轻涛起，香生玉乳，雪溅紫瓯圆。

娇鬟，宜美盼，双擎翠袖，稳步红莲。

写的是苏东坡的美娇妾朝云，彼时的朝云二十六七岁，轻熟女，正是女人中一生最好的年华。米芾果真性情中人，一看到朝云，眼都直了。娇鬟，美盼，翠袖、红莲，真正又妒又恨。还不够的，"频相顾，馀欢未尽，欲去且留连"。苏东坡肯定哈哈大笑，自己的这个小友，怎么如此失态？

所以，"故人好在重携手"，那个故人铁定是个女人，再不济也是个女弟子。八卦有理编排无罪，不到平山谩五年，不止五年，谩你一生！

寒食帖

1

先上美帖。
自我来黄州,已过三寒食,年年欲惜春,春去不容惜。
今年又苦雨,两月秋萧瑟。卧闻海棠花,泥污燕支雪。
闇中偷负去,夜半真有力。何殊病少年,病起须已白。
春江欲入户,雨势来不已。小屋如渔舟,蒙蒙水云里。
空庖煮寒菜,破灶烧湿苇。那知是寒食,但见乌衔纸。
君门深九重,坟墓在万里。也拟哭途穷,死灰吹不起。

2

看不懂不急。等我说好了,你就全懂了。

先说清明节。小时候清明节算得上一个庆典。人家三年上坟,蒸一种小馒头。比掌心还要小。白白的馒头,发酵之后蒸出来的,饱满酥松。上面缀一大红小圆点。那是六岁的小丫头,粉嫩嫩一张脸,眉心一颗红点点,不待张嘴已经很招人爱了。做一笆斗。坟包四周围满孩子,没有人在意主家的伤心断肠,那时也不懂。眼睛只盯着笆斗里的小馒头。

终于开始扔了,孩子们随着馒头的方向,一窝蜂地散开,口袋里都能装上几个。回得家来,并不舍得吃。拿钱串着,然后拿在手里四下炫耀攀比,直到馒头变硬开裂,在手掌心发黑。吃没有吃过已经记不得了。那份抢来的快乐,却可以延续到下一年。

及至中年,再等自己的父亲到了地下,清明节的那份凄惶,已是未语泪先流了。

现在可以说苏东坡的寒食帖了。

这个帖子被称为天下第三行书。这么排名,东坡不一定买账的。但也没有办法,已经排了。我们花几分钟读一下这首诗。苏东坡本人没有苏小妹出名。说起苏小妹一串一串又一串的故事。

其实,历史上并没有苏小妹。那个文满天下又妩媚可人的小妹,其实是苏轼的小堂妹。这就没命了。表妹好呀。喜欢小表妹膝盖都不用弯一下,拿几首破诗一哄就过来了。堂妹事大了。喜欢堂妹这是乱伦。万万使不得。

我们乡俗里,同姓之间还不开玩笑的。某时,女人被男人骚扰得不行,只消告诉男人,和男人一姓。男人立马闭了嘴。好。继续苏小妹。这是个堂妹。苏东坡一生有过很多女人。原配妻子,十年生死两茫茫就是写给她的。还能携妓。那时允许。去去青楼,有趣味相投的都可以喜欢。有小妾朝云。苏东坡行将就木时,朝云才25岁。可是自家的妹妹,就千万欢喜不得。东坡很多诗作,涕泗横流又不便明说的,统统是写给堂妹的。堂妹60岁那年去世,东坡自身都难保了,还舟车劳顿巴巴地跑过去哭了一场。

文人就是文人，一言不合就写诗。这次没有写妹妹如何娇俏可人，但写妹夫，一百个不中意。是的，那份仇恨，恨不能剁他吃了解恨的。但人家的伤悲能名正言顺，他东坡老，只能打掉门牙往肚里吞。

3

这一段，有黑苏东坡的意思。别怕。哪能呢。说明他是个性情中人。绝对的。专门说寒食帖。东坡年少得志，却在中年失意。45岁被贬黄州。自我来黄州，已过三寒食。其实我开始就说了。清明就是清明，节气永远那个节气。但是人在不同的年龄阶段，对清明的感受就大大不同。我的童年，竟是盼清明的。可以抢小馒头，可以拔茅针吃，可以脱去冬衣，可以在春风中飞奔。之前央视春季音乐会在荷兰花海举行，我们小城的孩子，上台表演《清明》，白色上衣，绿色短裙，小脸蛋涂着腮红，眉心里点着大红点点。小可爱们唱：清明时节雨纷纷，路上行人欲断魂，借问酒家何处有。牧童遥指杏花村。歌声明媚悠扬，是拂堤醉人的杨柳风，是沾衣不湿的杏花雨。东坡就不行了，被贬到黄州，一贬三年。年少时，三年只是弹指过，中年后，三年直接是触目惊心！再到晚年时，莫说三年，半年不联系的老友都不知道在不在人世了！

黄庭坚写花气熏人帖：心情其实过中年。中年就是一个分水岭，中年之后的时光，要么渐趋佳境，要么江河直下。苏东坡看着满目春光，更是心急如焚，自己就是那个：何殊病少年，病起须已白。明明不过一场病，起来时头发胡须都已经白了。来的时候，没觉得什么，没想到在这种倒霉的地方，一待就是三年！

三年过的什么日子？小屋如渔舟，蒙蒙水云里。空庖煮寒菜，破灶烧湿苇。真正的生不如死！家徒四壁，看得心酸。那个时候的苏东坡，是看不到生活的光亮了。小屋就像一条破船，风雨里飘摇着，随时都有灯灭船翻的可能。悲愤之中，没有活下去的理由了。把自己看作：死灰吹不起。

愤怒出诗人。文章憎命达。特殊的遭遇，却造就了一代大家苏东坡。苏东坡何其有幸，悲苦的人生，还有诗词和书法可以表达。我们这些后人又何其有幸，因为一场灾难，却可以看到如此绝美的作品！

4

看过很多分析寒食帖艺术成就的文章，说年年欲惜春，第二个年只用小点代替，是因为气到无力诉说。哑然失笑。说何殊病少年，病起须已白。少年两个字，因为是病少年嘛，所以，少年两个字都歪歪的软塌塌的。哪跟哪呀。

写过字的都知道，书为心声，当你写得手热笔酣之际，笔在手上，基本不属于你的。尤其行书。下一笔要流向哪里要如何起合转承都由着它自己来的。此帖五个"年"字，并不是你在写之前规划好五个年的不同定法，然后写的过程中，去刻意地避免雷同。这是创作。是你的精神与臂力的共同劳动。写到那里时，你多年的学识和功夫，会自然让它有不同的形态出现，莫说五个年，再多五个"年"，一样不会重复。整个帖子前疏后密非常切合他的心情。写到最后，一定是掷笔掩面，背靠在书桌上，眼睛微闭，久久不语。

5

这是千年前的一场雷暴雨。一阵狂风，黑压压的云层，压在头顶。天空瞬时就暗了下来，伸手不见五指。乌云密布雷声隐隐狂风呼啸树枝在疯狂摆摇。看不到光明，看不到前途，看不到温暖，看不到阳光，看不到希望，看不到绿意。

寒食节里赏寒食，屋漏偏逢连夜雨，日子还能再悲催一点吗？这是千年书法史上的一块黑布。乌黑乌黑，漆黑一团。

如果仅仅是这样，你们也太小瞧了苏东坡。也太小瞧了文化人的自渡彼岸。

是的，自渡。

短暂的黑暗之后，一场暴雨下来了。苏东坡赤足飞奔在雨中，仰天长啸，任由暴雨洗涤。

天空一下子明朗了起来。远天上架起了彩虹桥。苏东坡活过来了！不再在乎君门深九重，开始在他乡种故乡。扁舟草履，放浪山水间，与樵渔杂处，茕茕孑立，无亲无故，不愿向人诉苦，也不愿被人关心，和贩夫走卒混在一起，和野老村夫醉酒打骂。终于换来了轻快的诗句：莫听穿林打叶声，何妨吟啸且徐行。竹杖芒鞋轻胜马，谁怕？一蓑烟雨任平生。看看。风雨之后必是彩虹。

那为什么竹杖芒鞋轻胜马这个却没有排行第三的殊荣？

那是因为，悲剧的力量，从来都是大于喜剧。

祭侄文稿

　　2015年春晚，莫文蔚一首《当你老了》，娓娓道来，大屏上是老树的画。一下子引起围观。老树的画，民国长衫男人，连面孔都不画出。一会儿看山，一会儿看云，和画绝配的是几句小诗：

　　　　人世太多废话，投契不须多言。
　　　　相逢淡然一笑，留连春风花前。
　　　　这是诗么？颠覆传统了。

　　再翻他的其他：
　　凉亭下，一长衫男人，袖手闲坐，一只肥猫，肥硕的屁股，朝着观众，小诗是：

　　　　不屑与世相争，平然淡泊此生。
　　　　心存一个闲梦，其他随了秋风。

之后老树的微博粉丝就一发不可收拾了。全民掀起画画写诗的热潮。

其实，画画和书法一样，画什么内容，才可以体现出你的水平与见地，才能让你的画和书法脱颖而出，一直是每个书家和画家的困惑。

这在古代不用纠结。说这个祭侄文稿吧。说的是颜的侄子，季明。当年就很出色，年纪轻轻，木秀于林。偏偏遇上安史之乱，他父亲和他陆续遇难。颜是长辈，他当时也是朝廷命官，他幸免一死。平定叛乱之后，得以用棺木把侄子和自己的哥哥盛装带回故乡。

祭侄文稿就写于这个背景。国恨家仇，白发人送黑发人。人世艰难，种种激愤，奔于笔下。写这个的时候，他并没有想到要流芳百世，要供后人瞻仰，要被排名第二，只是由着胸中一团火，喷于纸上。

评论书法作字，向有字如其人之说。鲁公一门忠烈，生平大节凛然，精神气节之反应于翰墨，《祭侄文稿》最为论书者所乐举。通篇使用一管微秃之笔，以圆健笔法，有若流转之篆籀，自首至尾，虽因墨枯再蘸墨，墨色因停顿起始，黑灰浓枯，多所变化，然前后一气呵成。

《祭侄季明文稿》既是起草文稿，其中删改涂抹，正可见鲁公为文构思，始末情怀起伏，胸臆了无掩饰，当是存世鲁公手书第一名墨迹。

这一段我是直接摘录来的。文稿长此以往，解读者甚众，有很多信息，需要重申。

看文稿里，很多删改涂抹，后人学书法，好的没学到，学到了这种任性非为，似乎不这么涂抹都不叫书法。

其实，这些都是表象。颜正卿镇压叛乱时，他也在的，这个侄子担当的就是两地联络的职责，后因贼臣不救，孤城围逼，父陷子死，巢倾卵覆，事后颜曾派另人善后，仅得杲卿一足、季明头骨，乃有《祭侄文稿》之作。则鲁公在援笔作文之际，抚今追昔，萦纡忿激，血泪交进，悲愤交加，情不能自禁。颜真卿此文，正义凛凛，有不忍卒读之感。如果写于这个时候的作品，还能条分缕析，还能纤尘不染，还能一字不错，那这人冷血得就不是一点半点的可怕了。那你后人再学书法，你会有什么事情惨烈程度可以与这个相比，你可以发狂发癫乱涂乱抹？

因为颜正卿并没有去想着创作作品，也并没有想着这个会在书法史上留下浓墨重彩的一笔。才有了这幅浑然天成的佳作。曹宝麟谓："他们正是在无心于书的创作状态下任情恣性地挥洒，才不期而然地达到了最佳的感人效果"。

这段话很耐寻味。

天下第一行书兰亭序就是醉后所书。醒来再要写出那样境界，竟是很难了。很多人听说我们写字不喝酒，就觉得惋惜，一定得喝酒啊，要不怎么能写出天下第一行书？

那天下第一行书是喝得烂醉就可以写出来了？祭侄文稿也得遇上家仇国恨才能涂抹出？随意便是佳品，是不是我们就要随意些，就能写出传世之作。

肯定不是。一直说一个笑话，一个秀才写文章，绞尽脑汁，后来看到女人生孩子，很羡慕，"你那是肚子里有啊！"所以，也只有王羲之，醉后才能写出兰亭序，不写字的人，莫说大醉，醉死了也写不出字的。

举例多次的韦斯琴，凭着一手小楷，全国屡获大奖。她是用小楷，写自己的散文，犹如一股清新的风，吹进了壁垒森严的书法殿堂。她的文字，颇像冰心。题材选取极多那种爱满天下的类型。然后用小楷，从容抄来，书毕，角落上寥寥画上几笔，或兰叶草草，或水仙卓然，自是清丽可人。可以肯定，那些文字，帮了她大忙。她的散文，抄到纸上，颇像一群不谙世事的小姑娘，从村里涌到城里，一双眼睛滴溜溜地转，看什么都新奇，叽叽喳喳私语不停。

韦斯琴之后，很多人就书法内容进行各种探索，终不如她的来得彻底和震撼。这个很可以理解。多数人还只是停留在学书法的层面上，而祭侄文稿，不是学书法。是书法为他所用。是他用书法来表达自己的内心。他不是个书法家，他也会奋笔疾书。只是很凑巧，他的字，功夫了得，他又那么需要强烈地抒发自己的内心，于是，有了祭侄文稿。

书法会走向何方？

电脑的普及，不会使书法消亡。但是书法的实用功能大大降低，恰是不争的事实。

当年先生遇到我，一曲《江城子　望农场》，一手惊为天人的硬笔字，让我没做任何挣扎就投了降。只是，很多年，再没见他为老婆写下只言片语了。

还是希望书写者，在创作书法作品时，内容与形式，能有高度的融合，这条路，注定会很难。但是一定要走。

就像老树。

今天又来了：一幅黑白的画，远山，近帘，圆桌，戴帽的男人坐着。配小诗：

中秋之后又降温，新知旧梦了无痕。
江湖女侠今何在，秋风秋雨愁煞人。

酒德颂

我们做个尝试。只看字，甚至不看内容。

看："人"字。

不过一撇一捺。却看到了春光无限。撇干脆利落，掷地有声，似乎也没啥好说的。光是这个捺，就足够我们看呆了。这个起笔，细若游丝，颇像泥中的蚯蚓，为的是钻入，钻入。极细的起笔，那是一种试探，是二月的惊雷，才是唤了一声，看春天到底在哪里。旋即便笔锋切下，逐渐加粗，那是应雷声而来的雨啊，淅沥沥哗啦啦，然后陡停，那个顿笔，陡然停下，仔细辨认了一下，又开始撒丫子欢跑起来。那最后回锋带出来的小钩，是我们擦出的脚尖，轻巧地旋出一朵飞花来。

好的。这是董其昌的酒德颂。酒德颂原本是刘伶的作品。竹林七贤之一，留世的唯一作品。

今天搜书橱，给爸爸买的书，没舍得扔了。肝部毛病的人，多数酗酒引起。我朋友不许我这么说爸爸。其实不是清算，是鼓励爸爸，只要不喝酒，就会太平无事了。

这一段，让我相信，喝酒的人，多么相似。有大人先生者，以天地为一朝，万朝为须臾，日月为扃牖，八荒为庭衢。行无辙迹，居无室庐，幕天席地，纵意所如。我爸文才没有刘伶高，喝酒的境界绝对达到了。以天地为一朝，万朝为须臾。

喝酒引起的快感，我这一辈子是无法知道了。因为我滴酒不沾。这幅字，美，美得似李清照的年少时光。是那个调皮的荡秋千的小女子。秋千上爬下，立马去洗手，格格的笑声扔出墙外。无忧的少女时光。看那个"一"。在书家，不过是水到渠成地一写。在我这里，看呆了。是素颜女子，白衣黑裙，提着一个小桶，从河边走过。裙角沾着水面，荡起圈圈涟漪，到离开河边了，又俏皮地回眸一笑，这下连水草都不淡定了，在河里摇曳应和。

这一段其实读来很有趣。别人是寄情山水，他是寄情于酒。他说得如此醉生梦死，其实清醒得很呢。醉酒不过是他要避入的山林。这和陶渊明带月荷锄归是一样的。陶老把自己扔进田园里，草盛豆苗稀，神仙的日子。刘伶也是。把自己扔在酒里，神仙一枚。

我爸是个英雄，病得那么严重时，人前一点分子不掉。来人探望他，还在吟诗：人生几何，对酒当歌。

董其昌写这个酒德颂，当然是最赞同刘伶的。一个书家，书写内容，不是自己写的，那么他所选择的，一定是自己最心仪的。他也有不如意的地方？需要躲到酒里？

这一幅我们读"行无辙迹"。行无辙墨色相对浓一点到了"迹"时，笔者突然提了起来，那是在唱歌的人，前面深情地吟唱。后面突然就欢快轻松了起来。"迹"是那个蹑手蹑脚行至窗下偷听闺蜜谈话的小女子呢。脚后跟都拿在半空走路。

好。说到唱歌，咱们又有事做了。酒德颂，13张完成了。这是一首完整的歌曲，那么请问，他是几口气唱下来的？这个很重要，有看到唱歌，上气不接下气的。写字，同样讲究气。关键时候，气接不上了。这幅字就毁了。怎么判断这个气，书写者自己是相当清楚的。就这是为什么，同一幅作品，写几遍，每遍的感觉都不相同。就是气的问题。

好。我们如何判断。把这幅字从上而下理顺一下。墨色由浓而枯，再浓就是换气了。

好。我数几口气，差点忘记评字。这幅看"声"。

儿子去艺考。出了考场，告诉我们考场趣事。考试发的纸有些大，内容少。很多同学创作实践少，不知道如何能填满。那么，就刷。声的最后一笔，狠狠刷。看着还空下很多，又刷的一笔，一拖到底。这便是大忌。

我们看，这么长的篇幅，仅可以刷一笔。这一笔，刷得好，骨骼清奇，笔底烟云；刷得不好就是小鬼子夹着尾巴逃跑了。

刷一笔下来，爽过之后，一定要收起来。听歌人人会听，除非一首歌结束了，半腰中的小高音之后，一定会低柔下去，甚至低得你需要侧耳倾听。书法同样是的，刷过之后，一定得收着。接下来的几个字就特别紧凑。这是生活的美学。雷霆万钧之后一定是和风细雨。

看到这个石湖山庄，我乐了。我们是紫云庄。紫气东来的紫。祥云万里的云。那是我的心灵栖息地。我在里面写字养花焚香听歌更文，和董其昌进行这样的对话。

我如果活在古代，会喜欢董的字，不和他交朋友。不是因为攀不上，是因为我不喜欢有人超过我。哈哈。

最后贴一下释文，方便大家解读。反正我很少连起来看他写什么，只看线条。用手指在上面，轻轻滑过。那是我一个人的舞蹈，与他人无关。

有大人先生者，以天地为一朝，万朝为须臾，日月为扃牖，八荒为庭衢。行无辙迹，居无室庐，暮天席地，纵意所如。止则操卮执觚，动则挈榼提壶，唯酒是务，焉知其余？

有贵介公子，缙绅处士，闻吾风声，议其所以。乃奋袂攘襟，怒目切齿，陈说礼法，是非锋起。先生于是方捧罂承槽，衔杯漱醪。奋髯箕踞，枕麹藉糟，无思无虑，其乐陶陶。兀然而醉，豁尔而醒。静听不闻雷霆之声，熟视不睹泰山之形，不觉寒暑之切肌，利欲之感情。俯观万物，扰扰焉如江汉三载浮萍；二豪侍侧焉，如蜾蠃之与螟蛉。

寄情于酒，大抵相当于我的寄情与花草。

不醉不归。

花气熏人帖

  我读帖，多半先被文字内容吸引，然后才会细细研读帖上的每个字。黄庭坚的字，是每个学书之人，绕不开的一座峰。这个小品，颇似禅诗。

  近来读汪曾祺一文，写一个叫叶三的，只是一个水果贩子。他卖水果不为挣钱，只是替一个画家供水果。瞧我，老了吧。愣是没记得画家的名。其实不是，汪老的笔，潜流暗涌风云变幻却不着痕迹的。他的那篇，写的重点是叶三。叶三只是个大字不识的果贩呀，可是他是画家的知音。画家是个怪人，平日里大家的闲谈聚会一律不参加的，拒人也是千里之外，唯叶三，他很乐意接近，每每画画，独许叶三观看，画完了还要征询叶三的意见。

  看到黄庭坚的花气熏人帖时，我突然感觉自己成了那个垂手肃立一侧的叶三。仅28字，录如下：花气薰人欲破禅，心情其实过中年。春来诗思何所似，八节滩头上水船。

  怎么说呢。黄是个大男人，也已经人至中年日过午了，有些难以启齿，这个年纪早该看庭前落花心如止水波澜不兴了吧？偏偏被花香薰得忘了南北西东。其实,但凡艺术家,心里都永住着一个水晶孩子的,就算到了白发三千丈时,该感动的还会感动,该癫狂的还会癫狂。春来花红柳绿,山清水秀了,还会诗情萌动,一颗心总那么跌宕起伏。

黄庭坚的字,最大的特点就是结构奇特,几乎每个字,都会有一笔奇长的笔画,或是长横,或是长竖,或是大撇,或是大捺。记得我家先生当年告诉我尉天池的字,用的是四个大字:四仰八叉。

不禁哈哈大笑。黄庭坚的正是这样的,长的是长手撩脚,但又不会是一味地枝丫横陈,他的字中宫紧收、四缘发散,辐射状的。他的布局又是很有点促狭的。开端便是精兵强将,一路逼紧。第二行却是疏马闲溜,一派春和景明,只是闲逛逛。对比最明显的便是一二两列。行书最忌四平八稳平均用力。又怕那种雷霆万钧险象环生。过多地对比强烈,便显得矫揉做作。

想起刘震云手机里最后一个片断。"我"抓着手电,朝着天空写字:"妈妈,我想你了,你想我吗?"那个妈妈已去天国,拿手电在天空画字是儿时的游戏了,一个四十大几的男人,却乐此不疲,眼泪突然就看下来了。

黄的花气帖,便是这样的。春来诗思何所似,八节滩头上水船。每到春天,就会诗兴大发,就想仰天长啸,就想引吭高歌,就想长诵短吟,可是就像那个一层一层逆水而上的滩头,船要上行,每一步都是难哪!

空间里盛传的一句话:感觉吃力吗?说明你现在走的是上坡的路!

想不到,穿越到现在变成了这样的一句大白话。这么就能读懂了。人至中年,看破会不争,如江河直下,奔行千里,那样的日子,也快看到头了,及至发如雪腰如弓,自己就直接走到另一个世界。黄庭坚并非凡人。人生同样短短几十年,长度咱拼不过,厚度上拼一拼吧。所以,才会有一个中年男人,被花气薰得晕头转向情难自禁,多年的禅定功夫毁于一刻。才会每有春天来临,就会喉头痒痒,就会想着青春作伴好还乡,就会想着八节滩头我也要迎难而上。

张季明帖

　　超爱文友叔叔的一首诗：一个人的游戏/球场旷空我一人，无拘无事自由神。汗淋气喘犹持续，投得十分方转身。

　　任何艺术的最高境界，一定是一派天真。这首诗便是。一个已然花甲的男人，顾自在球场上投篮，投入且执着，非要十分，才肯转身。从这一点讲，写诗和写书法有很多相通的地方。米芾也是。米芾写张季明帖时，已经垂垂老矣。

　　天真，一定是艺术的最高境界。天真，一定是一个人活到一定年岁，返璞归真的最高境界。米芾的书法，是书法史上的广玉兰。白鸽一般高高栖在枝头。一朵一朵，大得惊心。却没有枝叶。一片叶子都没有。就见一朵朵花，招摇在枝头。不懂得收敛，不肯藏掖，就那么敞开衣襟，任人一览无余。你却没有觉得他在炫耀，没有觉得他在显摆，你只有满心地臣服，只有他，才肯如此敞开赤子胸怀，而我们，这些凡夫俗子，太需要这样赤裸的诱惑，洁净的洗礼。太需要如此兜头盖脸地浸淫。颇似我给花草浇水，一勺下去接着一勺，犹嫌不够，放到水龙头下面，龙头拧到最大，哗哗水流飞瀑一般溅起朵朵浪花，并不肯拧小一点。米芾是那个戏水的顽童，那些写出来的字是他拧大的水龙头，在你的心灵上砸下一个个凹塘，从不手软。

米芾天真，从很多帖子可以看出。紫金研帖就是。苏轼跟他借了个砚台，一月后不幸去世了。米芾巴巴地一定要回那个砚。这放在别人身上，就觉得不可思议。放他身上，毫不稀奇。苏轼算得他的老师的。米芾向晋人学习，就是苏轼点拨。然而米芾素有米癫之称。见皇上，看到皇上一个上好的砚，心痒难耐，赶紧用舌头舔了一下砚：此砚已被老臣舔过，皇上再用就不合适了。不如送我了。不等皇上有反应，立马揣怀里了。那副急切，惹得皇帝老儿也哈哈大笑。苏轼人都死了，米芾还在念着他的砚。这种人，就是我家阳台上开着的马蹄莲：我的眼里只有你。

米芾学字比较有意思。开始他并不知道怎么学。跟在他同时代的人后面混了一阵。然后遇到苏轼，苏轼严肃地跟他讲，你这样不行。必须以晋人为榜样。否则白瞎了你的才华了。然后他才发愤临古。这中间当然有过程的。临古的直接后果就是，谁都能看出，他写得谁的。他临得实在太像了。慢慢地，写到后来，终于可以自成一体了。这时，他变得狡猾了，再有人问他学的谁的，他回皇帝都是，自幼便学颜柳王的，得意扬扬地称，老来，谁也不知以何为祖也！看看！一副老赖皮的嘴脸！

老赖皮后来得了张季明帖，就写下了这幅张季明帖。余收张季明帖。云秋气深，不审气力复何如也。看看，真正的张季明后人并不知了，米芾收张季明帖做的记录，却流芳百世。当然，他再怎么模糊他以何为祖，我们从中间的一气呵成的两行，明显看到王献之中秋帖的行踪。

那也不丢人。就像先生跟我说，我现在不敢翻米芾的帖了。只要一动笔，米字就跳出来了。

有什么要紧？这需要多大的功夫才能如此烂熟于胸？

眼睛不舒服。手机电脑用得太多。改花大量时间临帖。他帮我看临

113

作：说，你做的任何努力，未来的日子里，一定会照亮你的路。

无一例外。

就像米芾。他一直是书坛上，公认的天分最少努力最多的人。他和王羲之一样，王羲之由卫夫人引路，终超过了卫夫人。米芾由苏轼点拨，却在书艺上远远超过了苏轼。张季明帖就是米芾从山中来，带回的兰花草。一日盼三回，满园花簇簇。

离骚经

　　文徵明这个家伙，每次看他写在前面的，都想扁他。写琴赋时74岁，一边那个字帅得想让人打他，一边还在谦虚，又说眼不明耳不顺的，各种矫情。离骚经又是。这个不用猜，都知道一定是七老八十后写的。
　　"然风湿交攻臂指拘窘不复向时便利矣。"天！
　　如此小楷，美得像是40岁少妇。更多风韵更多成熟更多饱满更多润泽！
　　偏偏喜欢朱唇轻启小手轻摇：不行不行，老了老了！
　　文徵明彼时的小楷，更是冬日的芦苇，没有了青绿，寒山瘦水中却越见淡定沧桑与从容。真正是白发渔樵江渚上，惯看秋月春风。
　　朋友里有个谭先生，退休后被从前的医院返聘。八十好几了，偏偏一双眼睛好得很。蝇头小楷不用戴眼镜。来我店里拿纸，说，一厘米的格子就可以了。我习惯写小字。一厘米！我们钢笔字的格子正常1.5厘米的。谭先生写得确实不错，去过他办公室几次，案板下压着几幅小楷，颇有些年头了。

看雷阿诺画集。说他70岁之前，都不受人待见。画的画也极难引人注目。

70岁之后开始走运。各种大奖各路人马收藏画展上作品被疯抢去哪儿都被人抬着走。

然后我们中国的沈从文。那么一个文满天下的人，中华人民共和国成立后，突然就不被待见了。郁闷中改行研究古代服饰。70多岁去了天国。却被告知，如果他还活着，就会被评为诺贝尔文学奖得主了。好吧。

那么推算到学书法身上，比拼到最后的，就是谁更长寿。都活到文徵明这个岁数，什么样的江山拼不来？

那么到底是书法催生了长寿，还是长寿成全了书法？

千古赤壁前赋　花下吃茶数壶

　　闺蜜四人约着小聚。冬梅推荐的。一家土灶馆。一排大红灯笼挂在院子外，院子里两方石磨。跨进店门，很有特色。一口口土灶排放四周。是真的土灶。小时候家里都有的那种。桌子中央掏一个大洞，支一口土灶，边上有烟囱，砌好了，烟接到室外去。烟囱表面贴着小青砖，半腰伸出一个小平台，上面放一盏小煤油灯。四周装修也极有特色。上山下乡的图片，洋葱、小南瓜、玉米棒的挂件，一派田园风光。闹市正中，世外桃源之感。

　　一条大黑鱼，我们来时现杀的。放入我们面前的土灶，一个厨师过来，熟练地操作，作料下锅，炒至几分熟，放入冷水，盖上锅盖，等鱼煮熟。一路谈笑着，都不记得什么时候鱼就熟了，鱼香四溢，掀开锅盖，各自捞了往碗里放。加上冬梅家儿子，五个人相谈甚欢，说高考说志愿说工作说自己身上的各种小毛病，可是，我突然发现不对劲。偌大一个店，就我们五个人。开始我以为我们去早了，可是一直吃到八九点结束时，还是只有我们五个人。说实话，那个鱼真心好吃，出水鲜嘛，再加土灶烧的，自然香醇，环顾一下四周，老板夫妇，一个厨师，一个端菜打扫的，还有一个年轻人没认出身份，单被冬梅抢着买去了，不管收我们多少费，他这一天营业额都很有限，那么这个店，怎么撑下去，真是个问题。

　　记得自己当初写文，常和我一同发文的还有一人。我先写楝树的果。那个苦得不能入口的果子，却给自己的童年带来无尽的快乐。大致受那篇文的启发，另一个人也写自己的童年。后面网友的评论让我笑出了声。她写当年被家人押着挑猪菜羊草，写满手挑出来的冻疮，写家人的呵斥无尽的家务活，贫寒无望，苦得比黄连还苦三分。网友评：楝树的果，让我们苦中作乐苦中有乐，无尽和苦难中生出层层希望。那个黄色的果子灿烂成童年时代的最光亮。可是这篇就太苦了，让人看不到一点点希望。

　　这便是我后来说的，写作者肩上的职责。没有谁给你任务，你却要能让从你的文中读到光亮。那个郑板桥，贵为一县之令，心中却只有老百姓，这样的人，不鱼肉百姓，不欺上压下，靠两个工资混日子，捉襟见肘，可人家多坦荡：青菜萝卜糙米饭，瓦壶天水菊花茶。

　　那个曹雪芹，满径蓬蒿老不华，举家食粥酒常赊。就那样的日子，苦得能拧出胆汁，还在坚持写作。只是他自己的思想局限，他并不知道自己光明的前途在哪里，所以，尽管他乐观地坚持着，也没能在书中给众主人公们指出一条光明的路来。

　　前赤壁赋却不一样。林语堂先生写出厚厚一本《苏东坡传》。苏东坡年少时颇为春风得意，年少轻狂诗词文书画几绝。那个时候的人，是想不到自己后面的艰难和不幸的。只会觉得天也蓝水也蓝，自己的前程也蓝蓝。

　　可是后来，因为政见的不同，苏东坡开始一步步走上艰难困苦又几起几落的道路。贬到黄州是他最痛苦的时刻。一个人如果一直处于低谷，那也好办。偏偏正是他春风得意马蹄疾的时候，遭人排挤，一下子从最高峰跌入万丈深渊，巨大的落差可以想见。那也是他人生第一次受挫。和朋友一起江上饮酒。文人雅士，断不会干喝酒，自己有事做。清风徐来，水波不兴。举酒属客，诵明月之诗，歌窈窕之章。酒是真正的好东西。何以解忧，唯有杜康。一杯小酒，可以暂时忘却苦痛无数。少焉，月出于东山之上，徘徊于斗牛之间。白露横江，水光接天。纵一苇之所如，凌万顷之茫然。浩浩乎如冯虚御风，而不知其所止；飘飘乎如遗世独立，羽化而登仙。只是酒入愁肠分外愁。那个客人也不是个得意的人，这会儿酒下了肚子，惹出万千感慨，酒多了，话也多了："扣舷而歌之。歌曰：'桂棹兮兰桨，击空明兮溯流光。渺渺兮予怀，望美人兮天一方。'"

这个场景太熟悉。但凡席间有人作诗的，旁人必击节。有人放歌的，旁人必抚琴。这天有人吹箫。客有吹洞箫者，倚歌而和之。其声呜呜然，如怨如慕，如泣如诉；余音袅袅，不绝如缕。

赤壁的美。已经可以看到了。如此场景，真正闻者动容。更引得隔壁一个孤独妇人哭得柔肠寸断。苏东坡如果是普通人，肯定也会借酒浇愁一并哭之歌之解了自己被贬的愁苦。可他那样的一个人，满腹才华，就这样的悲苦岂会打垮他？赤壁之下，前有曹孟德。曹孟德是个多牛的人物呀。曹孟德当年，困周郎于赤壁之下：方其破荆州，下江陵，顺流而东也，舳舻千里，旌旗蔽空，酾酒临江，横槊赋诗，苏东坡何等聪明。曹孟德激起了他的斗志，他却一味谦虚，说自己只是普通一游客，侣鱼虾而友麋鹿，驾一叶之扁舟，举匏樽以相属。寄蜉蝣于天地，渺沧海之一粟，跟孟德固然不好比，可是那么英雄的一个人，尚且湮没在滚滚历史之中，我们这些无名小卒，又何必叹生之不幸命之坎坷？

事实上，他确实谦虚了。千年赤壁，确实只造就了两个人，一个是他称赞不绝的曹孟德，另一个就是他苏东坡。

苏东坡异于常人的地方便是，可以在无限悲苦中找到可以坚持下去的理由。明月固然永在，清风固然长存，可是江上之清风，与山间之明月，耳得之而为声，目遇之而成色，取之无禁，用之不竭。我们这样的凡人，有幸听得风声，看得月明，谁能说不是永恒！

如此，客喜而笑，洗盏更酌。肴核既尽，杯盘狼藉。相与枕藉乎舟中，不知东方之既白。一番开导，主客同喜。继续喝酒，去他的贬谪，去他的排挤打击，去他的人生低谷。太阳下山太阳升起，今天又是一个艳阳天！

前赤壁赋的最光亮，就是苏东坡这种豁达乐天的思想。生逢盛世皆大欢喜。身陷不测，还得保持这样的乐天，留得青山在，不怕没柴烧。苏东坡自己就是写书法的，自然会把它写成作品。而后代为之发狂的，当数文徵明。文徵明是书法家里最励志的一位。单单前赤壁赋就写了16遍，哈哈，没有功劳还有苦劳的。也看出他对这个内容的偏爱。最后一幅是89岁高龄时写的小行草。写得那叫一个酣畅淋漓人与书俱老。偏偏他还不满足，落款处还说眼高手低表现得没有很到位，说得我很想打人。就那样一手字，老人家还有诸多不满意。也是。如果一个书法家每天对着自己的作品都可以自鸣得意，那他确实是人还活着，作品死了。

所以文徵明人死了，作品却永远活了下来。

苏东坡死了，却有前赤壁赋后人吟唱了千年。

每一个学书的人，抄录前赤壁的过程，是不是让自己的心灵受洗礼的过程？

倒是希望，那个土灶的老板和老板娘，即使这个店关了，还能有苏子赤壁的乐天，重新思考，重新整顿，重新在餐馆上杀出一条路来。毕竟他们思路是对的，鱼是极好吃的。

归去来兮辞

网上认识本城的一个老师。QQ 上加为好友。很少说话。某一日，他问我最近都有哪些文章。我把《还是相信爱情》贴了过去。是篇散文，长的散文，写的父母辈的爱情。老师连连表扬：你这也是浪费时间。真好！你和其他人一样，都是在浪费时间。有人浪费在旅行上，有人浪费在打牌上。你浪费在写文上。真好！

如果没有他的一连两个真好，我几乎以为他是在批评我。后来，我买衣服，认识了一个店主，她写书：《把时间浪费在美好的事物上》。我才确信，我的那位老师和这个店主，是同一类人。生命永远向前，时间都是浪费，我写文，并不见得是件多么高大上的事情，和我妈养鸡喂鸡种韭菜刀豆一样，和旁人开车游玩掼蛋一样。

那个小女子，特别有意思。前媒体人，前大学教师，曾经担任电视台记者、编导、主播、制片人，获得过主持人最高奖"金话筒奖"。这样的一个人，突然就放弃所有，就做了两个孩子的妈妈，守着自己的阳光房，做一件又一件衣裳。一件中棕色棉麻长袍，胸前系着她自己做的手工围裙，然后用棉麻小布，穿针引线，缝一本一本的书皮。

还有一个人。是个男人。我看不好他的年龄，估计实际不会超过35岁。头发极短，戴着眼镜，镜片圆圆的，着长衫，像极了民国时期的那一拨男人。住在山里，画画，写字。膝上常有一只猫，萦绕不去。百合开花了，拿着相机拍个半天，小猫偶尔路过，又惹他拍半天。拍了就开始画。寥寥数笔，百合绽放到了纸上。完了用小楷笔，在画上题诗。蔷薇花落了，又要拍半天。阴湿的青砖，颓废的夕阳，落英缤纷。先用相机，再画到纸上，再题上小诗。

很多人肯定担心，他的经济来源。我从来不担心这个，这种人无欲无求，岂肯为五斗米折腰的？

近日推介字帖，历代书家写得最多的就是《归去来兮辞》。陶渊明是长长几千年中国史上最负盛名的田园居的代表人物。江苏某一年高考作文题目就是倡行绿色低碳的生活方式。其实就是归去来里的生活方式。"引壶觞以自酌，眄庭柯以怡颜。倚南窗以寄傲，审容膝之易安。园日涉以成趣，门虽设而常关。策扶老以流憩，时矫首而遐观。云无心以出岫，鸟倦飞而知还。景翳翳以将入，抚孤松而盘桓。"回得家来的时间，何其奢侈！端着个酒杯自斟自饮。看着庭院里的花开花落，自在逍遥。可以关起门来独享，也可以挂着拐杖四下望望。任天上云卷云舒，凭鸟儿飞出又飞回来。

欧阳修说：晋代唯存一篇文章，那就是《归去来兮辞》。哪个不喜欢呀？赵孟𫖯那样一个玲珑剔透的人，也想着扔下挑子，回到家园图一个快活。文徵明奋斗到89岁高龄的励志男儿，也想着有一天可以"富贵非吾愿，帝乡不可期。怀良辰以孤往，或植杖而耘耔"。

苏轼一生颇为坎坷。仕途上的起起伏伏，前面不必详述，最可叹的是最后一次的海南贬谪。即使有小妾朝云贴身伺候，儿子不离左右，太过恶劣的气候，还是摧残了他的身体。《归去来兮辞》不确信是他多大年纪写的，但可以确定的是，想拂袖回到故乡那是他梦中也想的事。人向来就是，一旦被流放，身不由己，归不得田园。被朝廷召回启用又觉得信心满满，又舍不得归田园。以至于误入尘网里，不得开心颜！

郑板桥诗书画几绝的。可惜官也不大，在我们兴化当过县令的。我研读过他很多诗词：

宦海归来诗很有意思，是另一版本的《归去来兮辞》。我贴来：

其一

宦海归来两鬓星，故人怜我未凋零。
春风写与平安竹，依旧江南一片青。

其二

宦海归来两鬓星，春风高卧竹西亭。
虽然未遂凌云志，依旧江南一片青。

其三

宦海归来两鬓霜，更无心绪问银黄。
惟余数年清湘竹，做得鱼竿八尺长。

其四

宦海归来两袖空，逢人卖竹画清风。
还愁口说无凭据，暗里赃私遍鲁东。

2015年我写了一堆小诗：

一叶扁舟，载酒载花。世事皆抛，逐水天涯。
最近总唱老歌，轰轰烈烈活过。但看遍地黄叶，哪片不作柴火？
常在河边坐，柳枝拂在头。功名身外事，付之水东流。
朋友呼：怎么像隐遁刘庄紫云山上的老尼姑？
归去来兮！

粗鄙草堂　高寿无疆

那天在朋友圈发了段话：马云说，未来的中国家庭，每一个家庭就会有一个癌症患者。

非常可怕，如果概率。环境污染、食品安全、工作的过劳与透支、生活的忙乱与纷杂，迂回包抄萦绕国人四周。

有一个朋友，在文下留评：那怎么办呢？

个人的力量何其绵薄！怀念古代呀！

近日刮起草堂风。之前只顾着留意文徵明飒爽恣意的线条，还没仔细阅读过其文。静心一读，跌足长叹：粗鄙草堂，高寿无疆！

先说草堂十志。草堂是唐代画家卢鸿隐居嵩山，建的草堂一所。看得我热血奔腾。朋友圈先前有一文，说一个80后小伙子，毕业后没有留在都市工作，而是回到大山里，每日种花养草种菜种粮。看得我口水直流。二哥家女儿，毕业后不去找工作，家里替她爸养羊养猫养狗。人在村头一站，身后猫狗浩荡。真正让人艳羡。再后来网友们纷纷贴出一代舞后杨丽萍的住所。一袭洁白长裙的杨丽萍，穿梭在花草与虫鸟之间。

仙子地上一坐，便有绿头鹦鹉站立其间，人与鸟同眠同休，仙子翩翩欲飞小鸟肩上睡意正浓。

卢鸿的草堂更是妙不可言。卢大人何其任性集草堂、倒景台、樾馆、枕烟庭、云锦淙、期仙磴、涤烦矶、罩翠庭、洞元室、金碧潭十景，聚500人众，工籀篆楷隶，善画山水树石。这哪里是人过的日子！分明是神仙所在，草堂里呼朋引伴饮酒作诗，岂不快哉！

一曲兰亭，绝唱几千年。看看兰亭景致：此地有崇山峻岭，茂林修竹，又有清流激湍，映带左右。王羲之纵情山水饮酒论书，完了醉笔兰亭集序，酒酣耳热之际泼墨挥毫，兰亭之后再无人可以超越。

还有我前天说的闲居赋。潘安的所在：筑室穿池，长杨映沼，芳枳树橘，游鳞瀺灂，菡萏敷披，竹木蓊蔼，灵果参差。再看桃花源记：土地平旷，屋舍俨然，有良田美池桑竹之属。阡陌交通，鸡犬相闻。其中往来种作，男女衣着，悉如外人。黄发垂髫，并怡然自乐。

还有：湖心亭看雪：雾凇沆砀，天与云与山与水，上下一白。湖上影子，惟长堤一痕、湖心亭一点、与余舟一芥、舟中人两三粒而已。

再读陶渊明的归田园居：种豆南山下，草盛豆苗稀。晨兴理荒秽，带月荷锄归。如此种种，说的无非是文人士大夫心灵深处最深最真的隐居梦。草堂也好，兰亭也罢，闲居也好，桃花源也罢，湖心亭也好，归田园居也罢，反复吟唱的不过是一种至高的活着理想：瓦壶天水菊花茶，满架秋风扁豆花。住在草堂里放声歌唱：

　　山为宅草为堂，芝室兮药房。罗藦芜拍薜荔，荃壁兮兰砌。藦芜薜荔成草堂，中有人兮信宜常。读金书饮玉液，童颜幽操长不易。

有此心境，在哪里都是天堂。

然后有文徵明老儿，53岁都没当上像样的官儿，好不容易人家听得他的才名，提拔上去，又有很多人成天求字求画，同行忌妒，文老儿脚一跺，辞官退隐。草堂十志便写于其时。文徵明诗书画几绝。单单书，就几体俱擅全面开花。文徵明小楷、行书均很了得。草堂十志更是字迹清秀、婀娜多姿。朋友圈里书法类文章，但凡介绍到文的小楷，均有亮瞎眼了！86岁文徵明小楷，雷倒了有没有？

当然有。众多看客能不能活到86岁都是未知。就算活到86岁，还能不能拿笔也未可知。齐白石画画特别有趣，晚上落款一律白石老人83云云。我都可以透过这几个字看到白石老儿的狡黠，我可以过到83，你呢？

一心作画作诗为书之人，当然都可以。文徵明89岁那年，已完成了诸多作品，90岁还帮人家写墓志铭，最终没有写完掷笔与世长辞。

前阵子几乎刷了全中国屏的杨绛，106岁，我与谁都不争，与谁争都不屑。就是这样的一种人，草堂植于内心的，萤窗小记里讲：闭门即是深山，读书随处净土。

然后到了当代，老树有诗：日子柴米油盐，人生绝非儿戏。春风总会吹远，抱花穿过菜地。隔着千年的光阴，一唱一和呢。

山芋帖

　　山芋帖文：当阳张中叔去年腊月寄山预（即山芋）来，留荆南久之。四月，余乃到沙头。

　　取视之，萌芽森然，有盈尺者。意皆可弃。小儿辈请试煮食之，乃大好。

　　盖与发牙（同芽）小豆同法。物理不可尽，如此。今之论人才者，用其所知而轻弃人。可胜叹哉！

1

　　这个帖子，盘旋脑中，日久了。

　　文字很简单，黄庭坚当年，朋友送了些山芋，没来得及吃，四月份时，已经发芽了。

　　想着把它扔了，孩子们吵，为什么不把它吃了呢？

　　看到很多赏析的文章，最喷饭的，莫过于，说是把山芋煮了，还和从前一样好吃。这人标准的不学无术。

　　一个发芽的山芋，萌芽已经森然了，还拿去煮，断断不能了。一定是掐了它的嫩芽，小炒一碟，入口清新嘎嘣脆，孩子们呼啦吃完，抹完小嘴直嚷着：还要还要！

　　吃的是山芋芽。

　　有一次，朋友带着去吃饭，点了一道花生芽。平生第一次吃，粗大，咬在嘴里极耐咀嚼，却有丝丝甜意，自齿间蔓延到全身，朋友先试探着夹一筷子，停了一下，然后开始咀嚼，再加快嚼动，满意地咂嘴：好吃！好吃！再拿筷子夹一口，这次不再犹豫，直接放进嘴巴，快速嚼动，一边示意我：好吃！赶紧吃！

　　一个画画写文的吕三，出了本书《吕三加减》，里面有篇小文，写的也是山芋发芽。他会画画，多了一项便利。说的是自己买了几个山芋，吃不及时，便发芽了。已经发芽了，放在画案上。放在一个托盘里，倚着一座假山，山芋芽在假山脚下。写字画画时，研墨，还有一个水钵，用于洗笔方便的。想起来的时候，不时添些水在托盘里，山芋长得很是蓬勃了。

　　某日出差，一周有余，惦记家里的山芋，打开门时，看到假山下的山芋，整个儿往笔洗那里钻，那里有水意，植物也懂自救的。文章后面是幅画，寥寥几笔假山，山芋芽水墨氤氲仙气十足，我看了半天，愣是不相信那是山芋。

　　就这么一个山芋芽，原本肯定要被扔掉了，黄庭坚写道，没想到，它却有了另一番味道，感叹着：人也是啊，换了个看他的眼光，那他就是金不换。

　　即便是这样的日常，黄庭坚的字，都掩不住他的光芒，在家常温暖里，惊天动地。

　　在不动声色里，雷霆万钧。

2

  每个写作者，那都是话里有话。黄庭坚，苏东坡、无不是这样的人。满肚子的不合时宜，就像那个发芽的山芋，扔掉才是正经。他也希望，有个人，可以换个看他们的目光，那样，他们就会受人赏识，被人重用。黄庭坚的书法，却是个性得紧。长横长竖长撇长捺那是身上竖起的每一根刺，却又会中宫收紧。再多刺的人，你不惹它，是不会扎煞起来的。再多刺的人，顺着毛刺的方向，还有预料不到的滑爽的。

  这幅字，到底是生活小札，不过是一场心情的记录，就显得特别平和舒缓。那是冬日的午后，小火炉上烫一壶老黄酒，碟子里一捧油炸的花生米，咪一口酒佐一粒花生米，半天长舒一口气：这日子！吃香的喝辣的！是小舟荡在湖中央，船在慢慢行，桨在缓缓划，有一下没一下地。只在小幅度地浅漾里，仍能看出字的个性分明。长横长撇长捺，那是八大山人笔下的鱼，每一条都朝着世人翻着白眼，众人皆醉他独醒，他有睥睨天下的底气。

3

  妹妹刚来时，不足18岁。个子长得高，却有点小迷糊。我在微信上的订单，多数是她拿货。某次人家一套8358笔帽坏了，售后发一个去。妹妹发了一整套笔去。还好微信上的都是很铁的好友，好友直接拍图片给我：庄主，你这么做生意，吓人啊。他当时只发一个运费红包给我。我赶紧要妹妹的面单，果真，上面写的8358一套。又一个朋友要支专三的高档笔，千叮咛万嘱咐，一定一定不能发错货，结果拿到手，还是错了。客人一把火只差隔屏把我烧着了。我有些气急，妹妹呢？妹妹有些无辜。

饶是这样,她的优点还是很多。对谁都真。我们家孩子,我极少干涉他们的生活,朋友圈从不看的。某日发红包给妹妹,找不到她了。小丫头们改微信名跟六月的天似的,变脸是常事。妹妹主动说话,瑛姐,我在这里。头像是爸爸妈妈弟弟的合照,签名是,我爱我家。我笑得气都接不上来。人家一家三口恩爱甜蜜,都没你啥事,你还在这边我爱我家。

这几天忙,突然听到妹妹狂喜,太开心了!我爸发我红包!丹丹问:多少?妹妹答,20。开心得小嘴合不拢。她爸语音来了,点开一听,让她去菜场买20元水饺皮。丹丹大笑出声,妹妹也有点不好意思,嘟着嘴:看我激动得。

就这么个孩子,做事情却是最卖力的一个。发货人员出了点状况,三个人的岗位,有时只有她顶着,我只能算客串的半个。妹妹一边打单,一边去库房配货,四轮小车库房里推得飞转。

我扒一口午饭,忙着去店里:去帮葫芦娃忙了!

先生问,怎么叫她葫芦娃?我笑:干劲大呀!先生也起身:那我也去,她毕竟不是哪吒。

今天华子结婚。妹妹奋力发货。问她中午要不要回家吃?那是她亲姐。妹妹笑得眼睛都睁不开了:中午不用回家,我姐说,带我去姐夫那边吃晚饭!快一米七的身高,舌头还卷着。引得我也跟在后面眼睛乐成一条缝。

今之论人才者,用其所知而轻弃人。如此,妹妹,我的宝也。

瘦金体

去麋鹿保护区，九月的保护区上空，还有着丝丝缕缕挥之不去的情欲的味道。

听来肯定觉得好笑。如此一本正经的人，突然就用上了情欲这样的词。

麋鹿原是非常有趣的动物。它的生活，直逼古代的皇帝。偌大的保护区，自然分出若干区域。这些分出来的区域，阡陌相通鸡犬之声相闻却老死不相往来。每年四五月份，麋鹿进入发情期。所有的王子们便忙碌开了。生来为王者，雄性麋鹿们，生下来便带着美丽的角，长到五岁时，差不多可以长成了。五岁之后，每一个长成的雄鹿们，便可以加入鹿王争霸赛中。完全自发，单打独斗。输掉了自行淘汰，赢了的再和下一个对搏。直至，最后两头，冠亚军再次角逐，胜者为王。

体形上，一般便可判断出谁是鹿王。头角锐利，体高丰盈。那是初上任时。一旦上任，外忧内患。总有输了的雄鹿逡巡左右伺机而动。又有雌鹿们心不甘情不愿地伺机和其他雄鹿私奔的。鹿王需要在在任的几个月内，完成所有的交配，提防其他同性的篡位笼络所有异性共浴爱河。通常五六月份上任，九月份卸任，一旦从王位上走下，真正不忍直视：形销骨立瘦骨嶙峋酒色掏空辉煌不再。

后悔吗？

不会有鹿后悔。雄鹿们生下来就是为了光荣的那一天。完全野生的不容易看得那么清晰，到了人工圈养的那一块，看到鹿王了，一头瘦得只剩皮包骨头的雄鹿，正把数十头雌鹿往林深处赶。最靠近行人区的水洼处，几头体丰彪悍的雄鹿，正怡然吃草蹚水。"那是鹿王，控制欲极强。它走哪儿，都要把它的爱妃们围在自己身边。这让它感觉安全。边上的这些雄鹿，已经过了发情期了，基本没啥想法了。"皮包骨头的，是鹿王。体丰彪悍的，可以明年角逐鹿王了。

边上一个栏子里，两头昔日鹿王享受着格外的优待。其中一个两次连任鹿王。一次王者经历就足够把命丢掉一半了，而它可以连任两届，实力和体力委实相当。

我用如此冗长的文字，写麋鹿，却是为了下文的瘦金体。和先生游故宫。先生切齿："那么多人跟着他吃了那么多苦！真正罪人！"

先生是搞书法的，按理他会因为赵佶的书法成就，格外高看他一眼才是，可是先生不爱。

王义军是当代书坛上的后起之秀，其近年来的书法成就令业内人士刮目相看。可是他却坦言：家人第一，工作第二，书法我只能排第三位。

从前我一个同事，每天花近十几个小时拉二胡。不过几个月的样子，就能和磁带上的二胡名曲和得天衣无缝。我们赞叹不绝，他七岁的小儿语出惊人："玩谁还能玩不好啊！"一个而立之年的男人，工作敷衍塞责，老婆孩子弃之不顾，拉二胡拉到昏天黑地，创业的年纪却选择了玩，养家的时刻却选择了不闻不问，难怪七岁小儿都能一语道破天机。

还回到瘦金体上。赵佶贵为一国之主，学书自有他的独到优势。想学啥还不是一句话的事。赵佶是个大玩家。他的字，并不单纯是书法，他提倡诗书画印几相结合。他本人画很了得，印也相当，古玩、典藏、茶道，均很了得。段子里都说，一个女人的学养，都藏在长相里。其实书法又未尝不是。一个书家的学养，出手便一目了然。

看赵佶的闰中秋月。他的招牌字体——瘦金体：运笔飘忽快捷，笔迹瘦劲，是那个运动瘦身的美人，至瘦，却不失其肉。至柔，却不失其朝气蓬勃。笔画带过之处，如彩练当空，缠绵飘逸五彩纷呈，那是皇家的气魄与书家的儒雅合二为一。

这应该是赵佶皇帝生涯中最春风得意的时段，衣食无忧吟诗写字作画弄印，好不快活！如果他只是一个搞书法的，或者他就是一个单位的副手，他沉浸在自己的爱好之中，未尝不是幸事。沉迷于书法，总好过沉迷于酒色之中的。只是很可惜，他是一国之君。治理国家让他的子民们可以安居乐业，才是第一位的。他在拘禁的九年中，受尽了折磨与侮辱，不只是他，他身边的亲人家人，都受尽了凌辱，这不能不算代价。

王义军用一篇很长的文字，写他徘徊在事业和家庭的选择之中，老婆留学，小儿天天缠着他要讲故事，一边是自己的书法要考博。他听从自己的内心，挤出所有的时间，陪小儿，因为儿子眨眼就会长大，书法却是一辈子的事，可以悠着点来。如此成功的一个书法人，却只肯承认自己把书法仅排在了第三位。

保护区设了四个优待区，把历任四个贡献最大的鹿王供养了起来。两个因为生病，进了疗养院。唯一蝉联两届冠军的鹿王，吃最好的饲料，住最好的沼地，每有游客，必来慰问一番。导游说："这里有半数的麋鹿是它生的。劳苦功高，礼应受到如此的优待。"身为鹿王，管理它的王妃完成交配繁衍后代这是它的天职，它完成得好，即便风烛残年依然会被人瞻仰。赵佶显然没有那种以天下苍生为己任的抱负和胸怀。有没有能力，是一码事，有没有这个担当，就很重要了。

赵佶有多牛？翻开泱泱书法大史就能知道了。很多人终其一生，想在书法史上占一个角落，想在书法史上留下一个字，都做不到。而他，不仅留下了浩瀚的作品，更是独创了一种字体！简直是逆天！只可惜，他的生平之后只有一行字，不忍卒读：宋徽宗下场凄惨，嫔妃公主沦为金兵"慰安妇"，这是有多沉重的话题！

"彻夜西风撼破扉，萧条孤馆一灯微；家山回首三千里，目断山南无雁飞。"这是赵佶拘禁时期的诗词，早已没有了最初的飞扬跋扈，这个匍匐在尘土里的皇上，此时的诗词却有了贴地的芬芳。

不临瘦金体。怕从那些枝丫撇捺里传出嫔妃宫女的呻吟与低泣。最爱瘦金体，古来皇上，万人之上，多么孤独与凄清，说不爱说的话，听不是真心的话，活人都被尿憋死了！不如写字去！

无上清凉

　　微信上一篇文章，一个北大毕业的才子，患了恶性肿瘤。写了他最后的一段时日。看得人心情沉重。其中有他断食的记录。为了切断癌细胞的营养供给，他进行了断食。间断几次，持续七十多天。断食期间，就只喝矿泉水。

　　翻弘一法师的书法集。其中就有他的断食手稿。断食日记很有意思，记录得非常详细。开始是控制饮食。然子有七天时间，完全不食人间烟火。当时陪他的，有个贴身书童，说好了断食期间，不接任何外界来的音讯。这之间练习书法，排解人体的各种不适。

　　之前说过拐点这个话题。所谓拐点，就是与前段生活截然不同的体验。弘一的断食，其实是人为制造的拐点。断食期间，体重变轻，后期由断食而在心灵深处引起的拔根式的彻悟，他的人生轨迹至此开始改变。断食之后，逐步恢复饮食，他仍然回校教书，看起来好像还是正常人，之后，却发生了很大改变，不久就出家了。

　　我关注的公众号比较杂。有个断舍离很有趣。和我这半年的变化特别吻合。那个公众号，是从女人的衣橱革命起的。家庭主妇都有这个体会，换季时收纳旧衣旧物，实在是个不小的工程。而女人的衣橱，永远少一件。买多少，你都会觉得，但凡出门，就没衣服穿。一是喜新厌旧，二是委实多得令你绝望，一时想不起今天穿什么合适。

噼里啪啦刷刷刷，一个季节穿不到的，果断地扔。一年用不到的，果断地扔！还不止扔那么简单。选出一件白衬衣来，挂在衣橱中心。今天配灰绿色不规则中裙，俏皮清新，明天配割破牛仔裤，白衬衣下摆处随意打个结，青春飞扬得溢得出来。如此就提供了一个思路，买衣服时，就要选这种超强百搭的。不要总配那种非什么不可的行头。

然后关注减肥公众号。每日营养三餐搭配，还没动手制作，我就发现自己怎么加入了死胖子的行列了。贪和纵，是人不经意中就会犯的错。我是农家孩子，做饭都是满满一锅。烧南瓜，是整条。做冬瓜汤，都是锅多大做多少的。盛饭盛汤的碗，一律是那种大大的。一早看到朋友圈晒的早饭，那才叫一个精致，四片牛排，上面刷着什么物什。一个蒸蛋，爱心形状的。一个透明小方碗里，放着几勺挖好的西瓜。天！西瓜是这么吃的！我都是一个瓜剖成俩，卡卡掏空一半边。好，继续描述别人的早饭，一杯柠檬水在一边。然后一块布上，放着刀和叉。好吧。知道自己体重居高不下的原因了吧？

闺蜜丁丁说我，你什么都要多多多。确实。我就没有过节制的念头。买菜，一楼转到三楼，买到提不动请人家送。买个早点，我可以把一条街上飘着香味的都买到。豆腐烧芋头，里面放着虾仁。家里那人问：你在做这些食材的时候，有想过，能吃得掉吗？我有些委屈，那个芋头，龙头芋，它就长那么大，我当然要全做掉啦！

然后，我接受了一种断食方案。不是真正的断食，是可以吃鱼肉鸡鸭蔬菜一类的，但是必须严格控糖，时间两周。控糖是指主食和水果，包括一切红烧的食品。后来因为家人强烈抗议，断食并没有真正成功，但是我却有了别样的体会，开始反省自己的生活方式，一切都太满太多。

一块豆腐，劈成两半；一只咸鸭蛋，切成很小的块和豆腐放一块。上缀一根香菜。两小壶米，一小段胡萝卜切成斜片，三分之一土豆，切成小方块。电饭煲里做熟，装进各自的小碗，上面洒几粒炒熟的黑芝麻。

把生活精简到只做几件事，去店铺，陪父亲，骑自行车。两身白色盘扣长衬衣，割破牛仔裤。两双手工鞋颠倒翻。眼神和秋空一样明澈。翻弘一的帖子：无上清凉。其字墨满笔缓，不激不荡，单纯而清莹，肃穆但不华贵，清淡不失丰厚。是初秋的几滴雨，没有一泻千丈的滂沱，却一下子浇灭了逼人的暑气，天一下子远了，风吹到脸上，一下子便有了凉意。

早年的我，爱极了热闹与三千繁华，是体会不到这种清凉的。直到把身边的这些都削减掉了，霎时心轻如燕。

秋深帖

1

前日读书，读得忧伤。董桥的一篇旧文，忆旧友的。说一个朋友，颇有才情，万人景仰，然一日独自面对董桥时，潸然泪下：我的这些个人成就，算什么呢？我更想要的是家庭的幸福。

2

秋说来就来了。白裙子外面，罩了件黑色真丝长袖衫。手头正临《秋深帖》。复古做旧蜡染的长卷纸，一管写秃了的笔。爱把笔写到那种程度。人与书俱老，不只是墨里流淌出来的字，还有用秃的笔。那是夜话的友人，灯光如豆，促膝而谈。并不刻意要找寻什么话题，却能一句接着一句，絮絮叨叨呢喃如梦呓。赵的字，笔力扎实，体态修长，秀媚圆活，畅朗劲健。是路边的太阳花，因为工程，车子碾过，大锹铲过，无数双脚在上面踩过，还是星星点点地冒了出来，朝阳下尽吐芬芳。这幅秋深帖，于练字的人有福了，如此清新自然的东西，却可以历经那么多磨难依然保存至今，那是学习者的造化。我却从中间嗅到了幸福的味道。

3

后人看秋深帖的落款，几乎不用细辨，就能看出端倪，这是赵孟頫替夫人管道升回复婶婶大人的家书。

管道升自己就是琴棋书画诗酒茶俱全的。区区一封家书何劳赵大人亲自动手？这其实是人家的闺房乐事。

现代人两口子过日子，都是怎么个乐法？客厅里一台大电视机，快赶上电影屏幕大的电视。男人跷着腿，敞着衬衣，倚在沙发壁上，一手抓着遥控器。电视里奥运直播正紧呢。那边老婆顶着湿发一袭睡袍就过来了，枕在男人腿上，脸上贴着黄瓜片，一手抢过男人的遥控器直奔《还珠格格》就去了。那个大眼睛小燕子看了十多遍了，就是看不够。男人哪里耐烦看这个？用大趾和二趾夹起来捏老婆的嫩胳膊，老婆哪里会示弱，起身就朝男人腋窝挠去。

管道升自幼工诗善画，才气非常。这天正是天朗气清，秋深日高，管美人一袭高香，冉冉燃起，然后一袭素衣端然坐到书桌跟前。纤纤玉指，磨墨铺纸，正欲捉笔写字，忽有人身后把笔一拿，眼睛被死死蒙上："娘子，猜猜什么？"管美人睁得眼睛，却见一尾红蜻蜓，颤然立于赵官人手心。管美人弹身而起，忙不迭抢过把玩。

那边官人见纸已铺好，墨已研上，还等什么？一屁股坐下，几分钟就写成了。写得兴起，落款子昂书，忽一想不对不对，是替老婆回复的家书，顺手一改，改成道升。

　　喜欢上一个小女人。写文章，做服装。有一个农场，育得两个小儿郎。两个宝宝是她的小尾巴，在那个长满花长满草，脚脚都能沾上泥巴的地方，她常常需要背驮一个，手牵一个。

　　不禁想起董桥友人潸然的泪："有才太容易，家庭幸福何其奢侈。"

　　这会儿笔下墨在走，秋深帖字不多，几分钟就临完了，耳畔却有管道升咯咯的笑声，习惯在落款的时候，迟疑片刻，常被人问道："那个承之是谁？庄主，你们的试笔，哪些是你的，哪些是他的？"

　　起身，给黑米粥续了些水，再熬，回到桌前的时候，就见家里那个男人，已经把落款补完了：九月廿日道升跪复。晨起，临于紫云庄。

枯兰复花赋

  盐城有个景点，枯枝牡丹。说的是某朝一个官员，从任上回老家，星夜兼程，回得家来，人累马乏，马鞭子往地上一插，来年居然发了芽，开出大朵大朵的牡丹。初听时，我以为会像广玉兰那般，枯枝上俏生生地立着朵朵花，却不是，枝繁叶茂花团锦簇。那个枯枝发芽，有人觉得是好兆头有人却怕事出有因，其中必有蹊跷，众说不一。王铎的枯兰复花帖与这个情形惊人一致。

  王铎的故事比较有趣。总有人问我，孩子什么时候学书法合适？王铎是先临圣教序，几年后，字字毕肖。看，就我这几句话，透露了多少重要的信息！一、不必等识字。越早越好。二、紧盯一只羊。只要临不死，就往死里临。几年只临一帖。看看人家的决心。三、王铎被后人赞为后王胜先王（羲之）他也是青出于蓝而胜于蓝的。王铎所处的时代，特别容易被湮没被裹挟。那时董其昌红得发紫。书法和其他任何一种行业都是一致的，流行、跟风、人云亦云。董其昌那手字，已经让那个时代的人迷失了自己，直接倒在他的长袍下。对于王铎那样一个人，还没

141

识字就知道临圣教序的主儿，自然不会去学董其昌。他在书法史最杰出的贡献，就是他让大家看到了正确的学书方向，那就是必须在传统中，杀出一条属于自己的路来。

要杀出一条路，自然得有过人的才气和胆识。王铎有神笔之称。这个称号来得有趣。皇帝老儿，爱他的字。让他题匾，天下太平。他不假思索，唰唰几笔，直接完工了。一旁人等，捏一把汗，这人太投入，怎么会太平写成了大平？正暗自着急，匾已经挂上了，很多人就等着看笑话了。却见王铎拿着写秃的笔，往匾上一扔，那个点找补得天衣无缝浑然天成。

我不禁哈哈大笑，这家伙多少有点促狭的。实实有卖弄之嫌！可不得不佩服人家的功夫，整个一乱石穿空，惊涛拍岸，卷起千堆雪。没那几把刷子，你也来试试？

好吧。说枯兰复花了。古人一动就喜欢雅集。我是不太喜欢的啦，比较浪费时间。但古人慢生活，有的是时间。就一帮人聚到了一起。聚在那个雨恭先生家里。雨恭好兴致，立即献宝：家中一建兰，之前都全枯萎了，前不久重新开了花，一茎三花。众人称奇，纷纷挤过去看。然后大家叫着：王铎王铎，都说你才压江南，写个赋再把它画下来吧。

还好有这堆人起哄。王铎文名长于书名，画画又极擅长的。他的书名就胜先王（羲之）了，文名再超过书名，那不是更不得了的事！确实了不起。言简意赅，只是写的人家的枯兰复花，少不得要奉承主人几句，直说真正吉祥之兆。枯兰复花自然和枯木逢春东山再起一个意象。王铎本人也借枯兰复花来抒发自己的内心。他历经两个王朝，文人都讲究气节，前一个朝代结束了，有志气的都要结束自己的，苟活下来的，大都要夹紧尾巴做人。都怕别人指责的。了解这一段就能看懂这幅字了。

王铎是一位驾驭毫颖的高手，提按、顿挫、使转，运用随意裕如。但凡事忌过。王铎这一点把握特别到位。这幅小行书，便是那个端坐斜阳下的吹箫男人，一袭长衫，屏气凝神，幽远缥缈，娓娓道来。直至曲已终，听得人还沉浸在曲中。直至他款上雨老先生雅正一类的，署上西洛拙叟王铎书，时年五十八。大家才恍然惊觉，人家这是完工的节奏了。哪里能答应，再三请他再来几句。这又有何难？！所以，说枯兰复花，何尝不是说自己，逢到了一个新时代，自然不能就此沉沦。

王铎起身，写下一段狂草，急雨惊风真正是：连峰去天不盈尺，枯松倒挂倚绝壁。

看偏方。说，每日赤脚踏在泥地上，半小时。长年累月，可以治好糖尿病。说给朋友听，朋友叹，上哪里找得到那块泥地？

觉得这个偏方像是骂人了。世上疆土何其大，什么时候过得我们连安放一双脚的泥地都找不着了呢？

不用验证，我都知道这个偏方灵。人活着，什么时候，能脱去了那层地气？

今日狂书：苍龙日暮还行雨，老树春深更著花。

又一曲枯兰复花赋了。

雨窗无事且试墨

1

　　买了一个大大的缸，蓝色有机玻璃的，湖水一般的蓝色，里面有一块凸出的，名：晒背滩。把四只龟龟放进了它们的豪宅。初时，怯怯地。一龟和四龟，原先待在青花盆里，可是一龟甲快有盆底大了，总觉得它在里面转身都难。二龟和三龟，原先的透明缸，明显嫌小，喂食时，它们扒到缸沿，都怕它们趁机逃出来。

　　四只龟龟，仍按原来的组合，两两待着，彼此戒备地看着另两只。给他们换上干净的水，它们一律抬起头，盯着人站着的方向，它知道，食要来了。我并不急着给，且有意换着方向站，龟龟很着急，追着人影移动。如此游戏过几趟，才真的放食进去。四只龟龟并不会立即发现食物，有快有慢，最终都能埋头水里，找它们等了很久的食物。

　　再来看时，四只龟龟，队伍有些奇怪，仍是从前的模样。两两待着。

有意把它们放到一起，等着他们能融入。它们并不领情。四龟，最小的那只，依然爬到一龟（最大的龟龟）身上，一龟驮着四龟徐徐而行。二龟三龟，搭着手，离它们远远地，在水里观望。我出去一趟，回得家来时，终于见到四只龟龟挤成了一团，齐刷刷聚在晒背滩上，最不能容忍的是，最小的龟龟居然在下面垫底！用手拨弄了一下，把无耻的大龟龟挑了下来，可是再等我去看时，它们又叠到了一起！垫底的依然是那只最小的。

我每天清晨起床的第一件事，就是坐在凳子上，远远地看着四只龟龟，二四组合，三一组合，或者四位一体，可以发呆很久，然后起身开始一天的忙碌。试墨，是今天的开端。

2

董其昌《试墨帖》：癸卯三月，在苏州之云隐山房，雨窗无事，范尔孚、王伯明、赵满生同过访，试虎丘茶，磨高丽墨，并试笔乱书，都无伦次。董的这幅字，真正是夜半钟声到客船的月白风清。试墨最能出精品，因为带着某种目的去创作，总怕出了差错，下笔便有犹豫。试墨则不存在。试墨可以随心所欲兴之所至笔墨相随。

我们试墨常在旧纸上。从前常有赛事，写残了或者裁下的边角，坐在案前，茫无目的，即兴文字。董其昌这段，很有趣，朋友来访，喝茶磨墨吹牛，书法家便写字，文人便吟诗。我们近几年，则喜欢独居。龟龟的悠游，常能启迪心智，常常在纸的边角，几笔涂鸦，细看竟是龟龟，不禁莞尔。写行书常要求讲究变化，同样的字，同样的笔画，讲究的是变化，变化成端方显行书本色，那个变化，无规律可循，又难以琢磨下一个它要往哪里变，又不能瞎变，瞎变便成了乱写。龟龟却给了你最好的启示，不管你什么时候走到它的身旁，没有一只龟龟动作是一样的。

而不管什么时候走到它的身旁，同一只龟龟断断不可能出现在同一个位置，摆出的是同一个造型。王羲之当年，为了写行书，体悟字的变化，养了一大群鹅。我的这批龟龟，难道有王鹅之效？

3

最欣喜的是到新纸。一款长方小品蜡染宣，龙纹淡米底铺底，边上四厘米左右深咖对比提色。再来两厘米浅米色小宽条，如此浅浅深深，同一色系，古朴却又提神，那是月夜后花园闪出来的大家小姐的身影，只一瞥眼，就呆住了神。我是那个书呆子，目光痴痴迷迷追随，铺纸研墨，走笔纸上：双双瓦雀行书案，点点杨花入砚池。闲坐小窗读周易，不知春去几多时。果真不知春去几多时！分明才拿笔，悄然一个上午就这么溜走了。书中自有颜如玉，便是说用这样的方式，追寻心中爱慕的女郎？

4

今得一手札新纸，复古做旧，竖条纹。墨已在一边候着，龟龟在缸里爬得叭叭作响。那个晒背滩，有点高，爬得吃力，却极具挑战，龟龟们上去下来，乐此不疲。

正好坐在案前，碗大的台扇，吹得纸角微微掀起，如此天气好写字：吹箫按舞月当轩，载酒寻花雪满船。湖定试墨云生砚，乐清闲尘世远，想当年利惹名牵……

执手帖

释文：不得执手，此恨何深！足下各自爱，数惠告。临书怅然。

01

老师要来看我的花，年初就说了。
一直到今儿才成行。
我在微信上问：大丰哪里好玩的？
推荐个去处。常年宅在家里，
自己的小城，竟是很陌生的了。
几年不见了？记不得了。
很是感慨。带老师去紫薇那里。
他喜欢何首乌和小叶紫檀。
倒是我意料之中的。

饭后,老师说自己的那场病
让我看开的刀。很是心疼。
生老病死,我终不能坦然。
老师说,他想要个院子,
可能因为这场病,院子的事,
紧锣密鼓着。

我说不好。我现在的心境,
颇有点四大皆空。老师长出
我一轮还多,应该有这样的豁达。
院子的事,其实是每个有点文艺
情结的人,都向往的。
炊烟袅袅的乡村,白色小屋,
小院子,院子里长自己喜欢的果树。
只是,闭门不就是深山吗?
我觉得可以在自己的心灵深处
修篱筑笆。不用真的去劳师动众。
他的身体,需要静养。即便不需要
也是不必太过折腾。

不是说可以就地取材因地制宜吗?
老师到家,还发来一段文字
大抵意思是,想着实现自己的愿望。
我乐了。
看执手帖。
不得执手,此恨何深!

足下各自爱，数惠告。
临书怅然。

书圣王羲之的。由古而今
不得执手，此恨何深。
执手的不只是爱人情人亲人，
还有自己内心深深渴慕的。

只是，果真我们有庄子逍遥
游的豁达，院子岂不是
无所不在？

02

渡。我写过。从此岸抵达
彼岸。可以渡人，
可以渡己。送老师兰亭序。
他有太多的事情想完成。
这个状态好。
不服输的人生，才精彩。
羲之生得温文，
即便不得执手，怅恨愁深。
字里却能绵里藏针。
这是一个人的修为。
所谓教养，就是让他人舒服。
即便落到纸上
也不必让人看到你的呼天抢地。

中年不肥腻　蒙诏帖

1

忙了一个早晨。把原来的一盆茉莉盆景，带到紫薇那里去。对茉莉情有独钟，好养活，花期长。一年基本开三季，水要浇足。花洁白，且香得醉人。盆子是我养了很久的，铁环有了锈，那是光阴的味道。新栽一盆茉莉，花开正好，暗香浮动。然后放一个小房子，四老汉下棋，并不肯布得满满的，还感觉哪里不对劲，又在空着的地方，放养了两只小鸡，一下子烟火气十足。

再配一盆文竹。我手机里很多盆景图。我喜欢拼盆景，觉得是一幅画。那是被缩小到一个盆子里的农耕年代的理想国。在那里，可以有山有水，亭台楼阁，弹琴对弈，或者啥都不干。紫薇和老公被我支使得团团转，后来不过瘾，卷起衣袖自己干，可怜了我的长大衣和丝巾。

姐夫说：你的文字，和你的饮食一样，偏食得厉害。很大局限：书法，淘宝，花草，诸如此类的。

乐。还真懂我的文字。文字的方向便是方便圆融。把自己最熟悉的领域，写到文字里便可以了。要那么全干嘛？满汉全席我不爱啊，南瓜饼几乎是我每次饭局都会点的菜。

足够了。这一生，就把书法写透，也是件很美的事了。

2

晚上的时间，用来写字，读帖。各种帖。可以流传下来的，都读。

读蒙诏帖。天下第六行书。这是柳公权的。柳公权因为楷书盛名在外，行草上的成就反而被掩盖了。不过，像他这样的大家，肯定不会只局限于楷书。每个书家都有自己最拿手擅长的字体，但其他字体也不会太弱。林散之草书闻世，却每天临习楷书，因为楷书可以促进草书。

这个蒙诏帖，写于中年，先看里面的文字：公权蒙诏，出守翰林，职在闲冷，亲情嘱托，谁肯响应。

柳公权这是封书信，嘴上在谦虚，做了个闲官，没多大头绪啊。那样的人，其实不需要高位证明自己。与他同时代的，职不在闲冷的，没有一个传下来了，唯有他，千古不朽。这时候的字，是案头的文竹，三两横斜，旁枝逸出，微风过处，花枝摇摆，自在天然。蒙诏帖仅六列字，开头笔基本戳在纸下，笔重墨浓之后的便轻松流转一气呵成，似乎并没有打算隔开，就这么笔笔相连，是那个宏村梯田，座座青山紧相连，朵朵白云绕山间。位高权重的，或许会门庭若市，公权这样的散淡人士，自然非常感念这份：职在闲冷。

中年人生，最贵闲冷。

就像那个黄庭坚：花气薰人欲破禅，心情其实过中年。禅定坦然的心境，被一盆盆花香搅扰了。

151

中年不肥腻，如何可得？

读帖。写字。闻花香。如此，便可闲冷。闲冷中品尝寂寞孤独，便可做到清泉一泓。

3

微信上点开老师，把配好的花草发过去：这是送您的呀。老师是大众报的编辑，最初我写文时，打电话给我，说了什么，都不怎么记得了。就记得低低的音线，那是突然推开我前面六层楼房的冬阳，哗一下，就照亮了我整个的天空。

第三辑 砚田漫步

你吃过的苦最终都会变成脚下的风火轮，想要的都会朝你，奔涌而至……

半是花花半是纸　吊兰玫瑰宋唐诗

1

先说我妈。饭桌上，先生说，妈妈在我们每天散步的路上，种了好多菜。这样，我们吃菜就方便多了。

这感觉像讲故事。妈妈在一个厂里打工，原先种的蔬菜，都会让我带些回来。我也乐意，因为那些菜，有妈妈的味道。

后来，我再开车进厂时，妈妈就吓得不许我开进去了，说老总说了，谁都不许开车进去。

我很避嫌。虽然妈妈种那么多地，分文不收取，但我拿妈妈长的蔬菜，总是动了公家的东西了。再去时，妈妈给什么我都不要，跟妈妈说，我们现在的日子，真的什么都不缺。

妈妈总被其他人央着长秋葵，可以治糖尿病。长无花果，长青菜，拉瓜，一类的。无农药无化肥，妈妈知道现在人都喜欢吃自种的。可是她又没有田长给我们了。没想到，她老人家居然想到这个招。

散步的时候，我们一路找。看妈妈会把种给我们的菜，长到哪里。果真，在一个还未来得及开发的楼盘上，满满的荒草被割去一大块。很明显是我妈的手笔。

我不知道，你们听了会是什么感觉。我就觉得我妈，和常人不太一样。那年，我毕业分配，我妈和爸商量，买一匹马给我上班。让我上课的时候，马拴到操场吃草，下班时，马也吃饱了，正好载着我回家。我不在草原，也不在什么旷远的地方，我待的小镇，有人一辈子只从电视里看到过马。

2

再说我小嫂子。题目原来叫《小嫂子学驾》。我爸兄弟姐妹八个。大姑排在他前面。大姑生下来就是哑巴。后来嫁得姑父，生下我表哥表姐。女孩好嫁人，早早嫁了。男孩就困难了。表哥一直到三十好几，才娶了我嫂子。小了我很多，叫她小嫂子。

小嫂子心思缜密，说话滴水不漏，曲里拐弯跟我有一拼。双十一帮我包装，说我有熟人，表哥想学驾驶，能不能找我帮忙？太能了，现在驾校搞竞争，招生都要放下身段的，学驾只要不想赖学费，不用找熟人。可是，真急人，小嫂子说了半天，原来是她要学。

她学也不成问题呀。个子小长得小都不是问题，我自己就特别小呀。然后她又含糊其词，又是户口，又是身份证，又是没有上学，我理解为，她远嫁我们这里，家境贫寒，人又自卑，是谦虚的说辞，直接大包大揽：你微信不是玩得挺好？识字就能考上！

傍晚就直接转账，帮小嫂子报了名。既然报名，就要提供身份证一类的。问题来了，她是外省的，这还好办，加钱就是了。

问题是，校长直接把钱退给我了，怕小嫂子视力通不过。

155

描述一下小嫂子吧，身高一米五多点，体重八十斤怕不到。一件玫红色超短上衣，一条黑色迷你小短裙，腿又细又长，长发微黄，披到肩，仙气十足。只是一只眼睛有问题。十一二岁时，从楼上摔下来，玻璃扎进眼里，毁了半边的眼。她常把头发三七分，刘海遮住半边脸，不说，别人是看不出问题的。校长为难了：可是，即使报名了，还是被退回来，参加考试也过不了关。那时，更受打击。

报名费退到了我的钱包。我有说不出的难过。才知道小嫂子支支吾吾的原因。才知道她想找熟人的原因。我并没有急着退钱给表哥，我磨校长：看看有没有其他办法？她平时生活没有任何障碍，晚上都开电动车从老家赶到儿子学校的。校长说：打听了，实在要学的话，可以去盐城体检中心，测试确实视力无障碍，才成的。要试一下吗？

当然！出钱出力都直接找我！您只管安排！我直接替小嫂子做主。小嫂子替大姑撑家，一直很感激她。她要不是一只眼睛出了问题，那么一个仙气飘飘的人，说不定会有不同的人生。

那个过程太煎熬。我有很久没有紧张的感觉了。我一个人赶到楼下交检查费，心里居然扑通跳个不停，手里抓着满把的钞票，只恨人家收得少。再次赶上楼时，真是百感交集，她自己一直掩藏那只眼，我们一直也避免提到，谢天谢地，那只伤了的眼睛，居然还有视力！然后视野检测，还有几项测试，一路绿灯，完全通过！最后一关，那个主任盯着她问：出生年月？紧张得快虚脱的小嫂子说，1998年。主任眼神复杂地看着我，似乎我是人贩子，小嫂子又重复了一遍，1998年。同去的校长眼睛一闭：完了！小嫂子回过神来，更正：1980年的。天！

过关！拿到鉴定证书，我们又飞奔到另一幢楼的三楼体检中心，办理其他手续，这时，距离人家下班还有三分钟。

没有人懂得我为什么要如此争取。我觉得，这件事，对小嫂子意义非凡。说明她的人生，与常人无异。她比我小那么多，她更需要外界的承认，更需要拥有和常人一样的生活。年底之前，她大约就可以拿到驾照了。想着她可以在路上纵横如飞，我就美得不行。

3

最后听我说故事。

我的围巾，从新疆拉来，卖的过程中，我发现，特别能得到新疆人的共鸣。这不，我正清仓着呢，东哥找我，每个颜色拿两条！哈哈，来了来了，大手笔啊。等着听他下文：我办公室女人，一人一条！

好咧！听出丝丝暖意，买给爱人情人恋人亲人，多去了。买给女同事的，真心不多。快递发出，一般就安心等着发货了。隔了好几天，东哥来了：庄主，我围巾发了吗？一直没有收到。

我这人其他不行，记性超群。我清楚记得，东哥的围巾，是哪几条，什么时候发出的。赶紧依单号给他查件。"在你们小区的超市呢。赶紧去拿。"

不长时间，东哥发来语音：收到了收到了，很好呢。你都不知道，这两天，我天天被她们堵着，围殴我，说我骗她们。

我哈哈大笑。我能想象得出，一群女花们，围着一个宝贝男同事磨刀霍霍的情形。

一早发朋友圈：餐桌上四盆大小参差的花盆，配发文字：餐桌的一半，给了花花。家里的一半，给了宣纸。

有消息提示，是文友叔叔的评论：

半是花花半是纸，吊兰玫瑰宋唐诗。

锅中泡饭吃犹剩，懒做午餐好解饥。

评得不全像。吃泡饭什么也不太可能，比如，微信里点个外卖，花样齐全，就算桌上全是花花，吃得一样可以要啥有啥。

《芳华》 爱人终是件贱活

爱情里，相互爱上，终是件困难的事。《芳华》告诉我们，被爱一千年，爱人没长久。

刘峰的爱情，代价最大。他一直被唤成活雷锋。因为他一直做好事，理所当然地做好事。然而他已经因为腰病，不能跳舞了，却拒绝被推荐去上大学。林丁丁问他原因，他突然就向着自己的梦中女神表白了。林丁丁唱第一首歌时，他就迷上了她。之后林丁丁唱的每一首歌，他都觉得是为他而唱。

可是，林丁丁一直享受着大家的追求，享受着众星捧月的呵护，享受着刘峰对他曾有的帮助，刘峰也向她表白，她不只是震惊，更有一种幻灭感，似乎刘峰那样的人，就不该有七情六欲，就不该有私人情感，偏偏爱情来的时候如洪水猛兽，挡也挡不住，刘峰一激动，就把林丁丁拉到了怀里。这原本不是多大的事，偏偏被其他同事撞见，为了洗白自己，林丁丁向组织告发，暗示刘峰有解她内衣的扣子。刘峰被几个人按倒在地暴打一通时，我的心碎成一地。

刘峰的人生从此改写。他被下放到很远的连队,又被送到战场。如果,就此有过反省和醒悟,珍惜应该珍惜的人,那也算是买得一个教训。偏偏人家不,到了战场,他甚至希望自己牺牲,这样,他就会被写成歌词,这样,他就会被他心爱的人儿反复吟唱。

刘峰在战场上,胳膊被打穿了动脉,这会儿想到的还是死了就好了,死了就成了英雄了,就可以被林丁丁传唱了。刘峰的耳畔,林丁丁正在领唱:

　　风烟滚滚唱英雄
　　四面青山侧耳听侧耳听
　　晴天响雷敲金鼓
　　大海扬波作和声
　　人民战士驱虎豹
　　舍生忘死保和平
　　后面是文工团的战友们站成几排,和声此起彼伏:
　　为什么战旗美如画
　　英雄的鲜血染红了它
　　为什么大地春常在
　　英雄的生命开鲜花
　　……

生命在他燃烧的一厢情愿的爱情里,不值一提。

然后是萧穗子的爱情。穗子是主动爱着的那一方。就得在陈灿吹起床号时就跟着,惹得男人来了一句:我要撒尿,你干嘛跟着我?

男人门牙摔没了,穗子捧着家里人捎来的金链子送过去。陈灿如果意识这是一颗少女滚烫的心也罢了,偏偏是利用了穗子的爱,一边和郝

159

淑雯确定着恋爱关系，一边泰然自若地收下人家的礼物。穗子手里捏着人生的第一首情诗，放到陈灿的箱子里时，我都替她心疼。我是条女汉子，这辈子嫁不出去，断断不做那个主动写情诗的人。穗子正要让陈灿记得打开箱子时，郝淑雯来了句，我和陈灿好了。

　　三人行的爱情，谁和谁走到一起，结局你永远也猜不上。陈灿拿着柿子走向穗子和郝淑雯时，被郝淑雯奚落了一下，接给了穗子。穗子咬着那口柿子，估计身体的每一个细胞都甜蜜得如同在蜜里。就这样，人家一句好上了，穗子的爱情，就成了秋风中的银杏叶，掉落一地，虽然美得惊心，但一场雨来，终于糅进泥里，无声无息。

　　看电影的每个人，几乎都被何小萍和刘峰的爱情感动到了。萧穗子说，那么多人多年不见，唯有刘峰和何小萍显得特别知足和平静。

　　电影在刘峰和何小萍暖暖的相依里，结束。

　　我还记得我的散文写过，我的小萍姑姑。那个如花似玉的姑姑，因为一场精神病，嫁给一个瘸腿男人。那是我多年的一个心结。如果我那个姑姑不被摔了惊吓过度，不患那场病，会嫁给那个男人吗？我那个姑姑，心高气傲满脑子风花雪月的姑姑嫁给了木疙瘩一样的男人，是不是孤独到老？

　　刘峰那样一个人，为了林丁丁，可以不去梦寐以求的大学，可以急于赴死。如果多年后，他不是残了一只手，不是混得那么落魄，何小萍多年以后，即使遇上，也还会像在部队当年那样，终不敢问他一声，你可以抱抱我吗？

　　没错。如果你恰好遇上一段爱情，就缩着头，做那个被爱的。看人家林丁丁，人人恨得牙痒，不影响人家是活得最滋润的一个。再看那个陈灿，拿着穗子的金链子镶牙，泡着穗子的闺蜜，双赢。如果是活得有点骨气的，扒了牙也会还人家，哎哟，舍不得，牙疼。我就是说说。再看那个刘峰，兜兜转转几十年，何小萍还拿他当好的。那就投降呗！你以为的温暖相依，不过是对命运的投降。

百年之后荒草没，计较个啥劲呢。

话说，都缩着脖子等着被爱，那谁来主动伸出橄榄枝呢？

不急啊，青春的戏一散场，总有残饭剩羹扒两口填饱肚子再说了。

我的前半生：姑娘，请置顶你的"才华"

花整整一天时间，看亦舒原著《我的前半生》。

养尊处优的罗子君，一直做着全职太太。

育有一儿一女，生活无忧无虑。

每天的任务就是逛街，买名牌衣服。

突然有一天，乖乖老公陈俊生，提出离婚。

省去罗子君最初被离婚的痛不欲生。省去闺蜜唐晶对她且帮且扶且骂且损地帮助。

单单说罗子君被男人一脚踢飞后，重入职场，只拿着四千多元薪水，（从前随便拎一件衣服都是一万多元。）却在小心翼翼如履薄冰中，重新获取学习能力，重新变得俏皮活泼，每每探视自己的一双儿女，都令前夫大跌眼镜。

姑娘，请置顶你的才华。

外表的漂亮，只会吸引男人最初的目光。

罗子君约看老公的新欢，那个女人，甚至比子君还要大一两岁，品味相貌，都要差一截。还拖有两个油瓶。新欢赢取陈俊生的，是她的情商。与人相处的技巧。比如，那个看起来道貌岸然的陈俊生，一辈子只会在罗子君面前，干净君子不苟言笑。新欢却把他带去打麻将，过程中，还会拉过陈俊生的手，夹在自己的两腿间。

很无耻的动作，拉走了陈俊生。进入新组的家庭，陈俊生老父老母古板守旧，为陈俊生离婚耿耿于怀呢，新欢亲手为老太太织围巾。看看。老太太迅速站到新欢的队伍里。收买有效。

痛定思痛的罗子君，放下男人，做回自己。

做那种手工陶器。

创作中找到了快乐，整个人气质全变。

女儿发现罗子君不再像从前那样自怨自艾，不思进取。

闺蜜发现她很能吃苦耐劳。

搭档发现她有毅力有闯劲有创意脑袋瓜子够灵。

双手被陶土弄得蜕皮一层层，自己也化茧为蝶。

从离婚中蜕变为蝶，自在翩跹。前夫每看一次，都会眼放光芒，腻着要复婚。

流光溢彩，等你归来。

女人会拥有很多：亲人、家境、金钱、美貌、学历、年龄、才华、知性、自信……

所有这些，只消把才华置顶。

然后，你想要的，全能要到。

才华：琴棋书画诗酒花，柴米油盐酱醋茶。

如果，你恰好会一点书法，那么，请一路坚持。

所有的花和云朵都会为你让路。

（话说，她走她的阳关道，我为什么要花和云朵让路？）

有趣的灵魂才敌得过残忍的光阴

我的文字，才适合上瘾。
清仓围巾。透支的是体力。
可是，有开心的事。

你亏本，还开心？
你有神经病？

亏本当然开心，那块资金
本来已经死去。

复活的哪怕是一个枝节，
都值得欣喜。

朋友打来2000元，没有任何要求

任意搭配着发货就是了。
我看到的是，一份深深的情意。

我不怕枪林弹雨
不怕命运的雷电霜雪

我却会因为这份情谊
泪奔。

然后就有一个小美女
跟我做广告
先是表扬我的字
表扬我的朋友圈
表扬我今天发的照

然后说，姐，你的面膜要换了
可以考虑她的。

我需要面膜吗？
我如果在意白发，
在意脸上的皱纹，

我大可以吃喝玩乐
让它们晚点出现

我确实有很多闺蜜

好友姐姐妹妹送我的面膜
口红CC一类的，几乎不用

我的时间，写文写字
还要清仓围巾。

乐了。跟她说，
可以帮忙清仓围巾，
还可以跟着练习书法。

除此，勿扰。
小美女还在不屈不挠
地游说。

这就犯了推销的大忌。

那么多男男女女喜欢我
（哈哈，我有幻想症）
恰恰没有一个因为外表

如此

灵魂的有趣，才敌得过
残忍的光阴。

有人在问理想

我想了很久
我希望，我到了 80 岁
还可以用我的书法

撩妹，然后撩汉。

然后看到我露出的白牙。

从杨永信到豫章书院　你养的娃不要指望别人

1

杨永信和豫章书院，都是惩戒教育的典型，主要用来对付孩子的网瘾。具体方法家长可以看一下：一个孩子，进去之后，七八个成人扑上来，轮流对他进行入校教育，很快就被打得一丝不挂。在这之后，因为一个笔盒放在了规定地方之外，遭到毒打，因为惯例，孩子知道会挨打，但没想到，会让到他打开笔盒，数笔的数量，15支，就抽打15下。

2

又举了一个例子。说是九岁的女孩，因为顶撞校长一句，直接被打得双膝跪下，然后一直跪在地上，直到中暑。有段时间，惩戒教育风行。我家先生开始还比较认同。举了个例子，说是一个孩子，被妈妈带到戒网瘾的学校，因为不满妈妈的安排，当场顶撞妈妈，上来一个所谓的教员，啪一记耳光，打得人高马大的那个儿子，一个趔趄，倒地半天未能爬起。爬起后就规矩了很多。

3

一个耳光，打得一个孩子站起来时，就变了样。你怎么做到的？答：不是自己的，当然可以啦。

4

亲爱的家长们，不是还有大招没拿出来吗？不是还有老虎凳、辣椒水、竹签钉进十指里吗？这些，不是还没用上吗？你生的是孩子还是阶级敌人？你对他是有多恨，才会把自己的骨肉送进那样的机构？我后来，直接写了一篇文，家庭教育，惩戒PK赏识。

儿子上高二那年，想着学书法，学校没有专门的老师，先生直接把儿子带回家，每天16小时练字，中途用跳绳调节自己和儿子，我们的设想便是，在学习书法的过程中，养成一种精致细腻的品质。一个孩子，就算到叛逆的十七岁，也不过才十来年的工夫，就这十来年，就是扔到染缸里，他都不至于恶贯满盈，所以，你有多狠心，才会把孩子送到那样的学校？

5

二楼姐姐告诉我，说她同学，两口子都是高知，却没有办法高二的儿子，送到山东一家专职戒网瘾的学校去了。那家学校，我不了解，也许，人家有陶行知的胸怀，可以用四块糖，唤醒藏在孩子心灵深处的良善。那我倒真想知道，那对父母，你生下来的孩子，才十多岁，你就束手无策？是果真没有了办法，还是压根儿就没有花心思在他身上？

二楼姐姐说：他妈妈一早送他到学校，一转身他就自己到网吧了。

是吗？就这样，就没有办法了？就送到那种全封闭的所在？如果那个机构不对孩子五花大绑，狂殴暴打，他们就有良策拴住孩子？

6

胖子都会自嘲：我这肉，哪一块不是一口一口吃出来的？最良心的减肥语就是：花多久吃出来的，还花多久减回去。养育孩子一样是的。多久养成了他的坏习惯，还花多久纠正拨回。

7

这是你的责任。你没有任何借口和理由，交给别人。莫说那种机构就是狼虎所在，就是一群菩萨在那里，你的孩子，还只能靠你自己。

责无旁贷。

可以试我们带孩子的办法。让他练一手好字。一手好字只是副产品。六年时间，由一个嘻哈小少年变得沉稳，特别地好。昨晚十一点了，他爸在帮他折纸，他自己在写一幅楷书。最后的落款弱了，他爸只是点评了一句，直接低头继续重写。我睡在隔壁的床上，唤他爸爸，要不，让他先睡，明天再写？

他听到了，跑餐厅那里，咬了节甘蔗。然后又是寂寂。怕影响到我们，音乐都关了。早晨起来时，几幅同样内容作品摊在地上。他爸爸开始点评……

你吃过的苦最终都会变成脚下的风火轮，想要的都会朝你，奔涌而至……

学书法，种下的是一种品质：较真、要好、追求完美、执着、固守、圆融、豁达、大度、坚韧、忍耐、情深、知进退、懂取舍。

第四辑　从流飘荡

送儿子去车站。才立冬，冬意便很深。儿子穿了件深红棉衣，青春勃发的脸，很耐看。风瑟瑟，我却因了这偷来的片时清闲，心情大好。跟儿子说，唱歌给你听吧。儿子拒绝，他有小音箱，小音箱里是那首随风飘荡，提琴悠扬，车内暖暖，车窗外泊着的云朵，因为我们的惊扰，正扯着身子往高空里钻。

八姐

　　下午五点半，八姐闸断店铺电源，把钥匙交给我，愉快地说："钥匙交给你，我走了！"一溜烟地下楼了，我接过钥匙，有些不知所措，似乎离别伤感一类的情绪，都不适合我和八姐。

　　八姐离开店铺，去哪里再遇她这么好的人呢？

　　几乎来过紫云庄的，都知道我有个八姐，标准的左膀右臂。

　　八姐是从龙行天下骑行团过来的。龙行天下早有耳闻，我的好友丁丁家两口子就在骑行团。那是个疯狂的团队。去南京、去上海、去兴化、去秦潼，几百里的路程，一律骑行。最难得的是，那个团队里的人，相处得都跟亲人似的。这在和八姐后来的相处中，深深领略到了龙行天下的魅力。当然，八姐的好，更多得益她父母教女有方。

　　两年前，搬店铺。工程浩大到令我绝望。偏偏我是文科生，激情有余智谋不足。新店铺钥匙一拿到手，激动地就命令搬家公司过来了。新店铺是毛地坪，买来的地板革都没来得及铺上。东西堆在地面上，满满当当，还得把一败涂地的东西，一块地一块地挪开，铺上地板。丁丁女儿哈哈大笑:"一听就是我吴瑛阿姨的主意。如果先把地坪铺好,哪会这么麻烦?"

八姐那阵子正好在家没做事。丁丁老公手一挥:"铺地板去!"龙行团里常干这样的事,八姐在那里忙了几天,丁丁老公看我分身乏术,跟我说:让八姐来帮你,你还可以抽出时间写文章。我有些犹豫:"那八姐不是骑不成车了?"

我说的是实情。做电子商务的,都是拼命的人。一年只有春节有假期。八姐说:"没事,我们还有夜骑的!"

其实我很能理解八姐割舍骑行的那份无奈。八姐在骑行队伍里是核心人物,骑得好,父亲又在骑行团里,父女搭档,常常参加很多活动,八姐文风俏皮活泼,又是骑行团的书记大人,每次活动,都靠她文字记录的。可是八姐很了不起,进了店铺以后,基本和店铺冲突的活动都无法参加了。我很内疚,有时鼓动她去,可是因为不参加的次数多了,这样的活动渐渐地也不怎么通知八姐了。

八姐开始了和骑行完全不同的发货工作。很是陌生。那是些文房用品。平时接触得少,品种又多得让人忧伤,八姐从家里带来一个购物篮,一手拿着出库单,一手拎着购物篮,嘴里念念有词,拿到发货台上,对了又对,生怕出错。做这样的细活,真正难为了她。发货空了下来,也不肯歇的,那么一堆围巾披肩和服装,我走路都从上面跨的。搬家工程太浩荡,一时还没能进入正轨,这些能缓的,我也顾不上了。八姐却开始了艰苦卓绝的上架工程。那么多品种的围巾披肩,我已经盘熟了,她却是第一次见的。根本无法分类,只能按颜色大小扎成捆子,然后一一上架。几天下来,地上居然也有了通道。再几天,居然所有的披肩围巾都上了架了。当时八姐没有说话,一年后某一天闲聊,她笑着说:"那几天累得到家都不想动弹!"能把八姐累得不想动弹,是多大的工作量?她骑车可以环行整个太湖的!连续23小时!

最能见证八姐人脉和工作实力的是围巾清库那阵。我们产品调整，已经顺利过渡到文房用品这一块了，围巾披肩已经没有精力再去考虑了。可是丁丁两口子来玩，让我要想办法把那么多围巾销掉。能销多少是多少，到底回笼一批资金的。于是，我开始在朋友圈和空间吆喝。八姐转发到她的空间去。龙行天下的姐妹们结伴过来了。八姐负责跑前跑后招呼，端着个镜子任由那些姐妹们照来照去。

知道大家喜欢八姐的原因了。那个叫爱美的，是真美，又会打扮，小腰水蛇一般，往那一站，妩媚招摇。八姐喜欢着呢，由衷地赞叹，不厌其烦地服务，我哈哈大笑。换了其他女人，醋就醋死了。可我们八姐不，人家好，她开心。人家美，她更开心。一个冬天，车水马龙。我的库存太庞大了，但八姐那些兄弟姐妹们出手，确实帮了很大忙。我也有数，连卖带送。八姐有些紧张，跟我说："你已经卖得很便宜了，大家很感激了，不要亏得太多呀。"我感念我的八姐舍不得我一嘴燎泡，我安慰她："大家看你情面来清仓，这是一份情意，我做不成生意都要记得这份情谊的。"

有第一年龙行团清库的力度垫底，第二年我的清库活动更是有了经验，微信上清得更流畅了，那块巨大的不良资金团，已经缩小得差不多了。八姐看着还是心悸："哎，怎么会进那么多货的？"我哈哈大笑，如果我一直做围巾披肩，进这么多货我发大了！那是囤货！是软黄金！

八姐做事主动。最看不得闲人。每有人来店铺玩，哪怕是停留一会儿，也会找出事情让来人做。动用的劳动力，有她的老公，她的骑友们，她的儿子，有次搬来她的老爸老妈帮着包装水写布，吓得我连称不敢。八姐力气大。出版社来书，一捆120本。通常放在楼梯口，我搬一捆上来。要歇几次的。再下去搬。八姐正在发货，看我在搬，一溜烟就下去了，就见她一手一捆，我两手搬着一捆还歇了几次，完了上气不接下气地叹："天哪，怎么拎得起来？"再到楼下时，我也试着一手拎一捆，纹丝不动，放弃了。

八姐比我小了几岁。开始我有些奇怪，她是中国第一代独生子女。明明就是独女，为嘛都叫她八姐？她的骑友哈哈大笑，叫她小八。小八用脚踢骑友。原来她姓朱。在我们这里，姓朱的多数被人唤作八戒，她索性自黑：八姐。

叫八姐久了，她又特别能干，我竟有些恍然，事事缩着手，处处依赖着她了。叫她八管。是管，什么都管。我做事比较不动脑子，一种茶，泡了消炎利胆的，功效另说，喝成习惯了。就快下班了，文写得差不多了，起身，撕开一袋新的，往饮水机走去，八姐正忙着包装给客人的赠品呢："这就下班了，这会儿泡，明天又不能喝了，不是浪费了？"我的杯子已经接到了热水侧，倒了一杯，还没全喝掉，下班了。

到了第二天，同样的时刻，又是写文结束了，照例撕开一袋新的，八姐朝我一看就乐了。我也乐，已经放进杯子了。就没去倒开水。

再到第三天，刚撕开袋口，朝八姐一看，吓得赶紧把茶放回原处。八姐哈哈大笑。

八姐就是这样的一个人，你什么事都可以放心交给她。很多时候，还可以修理我的坏脾气。客服那天处理了一个客人的交易，年纪小，经验不足，处理得很不好。我脾气暴，当下直跳，训话毫不留情，跟客服说，我们这个店铺可以在淘宝立足，就是把客人看得很重，这个传统什么时候都不能变。小丫头还好，也没有说话，只说，下次一定注意站到客人的角度处理好。

下班时我还有些余怒未消。在我看来，有客人投诉到我这里，就是大事了。半夜，八姐头像在闪，我点开一看，八姐说，今天火有些大了，客服虽然处理得不好，但她出发点还是为店铺省点钱，知道你们做事也不容易。

八姐说完就下线了。我开始反思自己。只想着平息客人的怒火，也

175

没有想到客服的委屈。而且批评都是人头眼众的。很是感谢有八姐这样的左右臂，而店铺的小丫头们，比我更依赖八姐，大事小事一律叫唤："八姐！八姐！"

这个夏天，八姐儿子中考，考到盐中去上了。她要去带宝宝，我爽快地答应了。替她高兴，儿子懂事又优秀，她处处拿我店铺当自己的事，她要去带儿子，我当然也应该当成自己的事啦。

我妈在新丰一个厂里，月工资两千元，任务就是帮着人家烧土灶，做早饭中饭。可我妈妈闲不住，把厂里几亩空田开荒长成蔬菜庄稼，正好烧给工人吃，养了几十只草鸡，下蛋厂里工人吃，吃不掉的厂长带到新加坡送给客户。这次爸爸生病，我命令她辞职照顾爸爸，妈妈去辞时，厂长说，上哪里再找奶奶这样的好人呢？

现在轮到我了。我的八姐去带宝宝，我去哪里再遇到这么好的人呢？

还好，我的那几朵小花们，跟在八姐后面混得已经有几份八姐模样了。

八姐，还要回来哦！

仰望星空

哥哥的当年，有意不通过师范的面试的。

当年，能从农门跳出，中专是条捷径。我们中学七个同学收到师范面试通知。面试项目是唱一首歌，读一段文，跑一程路。

天气颇热。父母大忙，老家婶婶看着我，说："换件鲜亮的衣服去面试吧。"婶婶不好意思明说，我的形象实在堪忧啊。还是听从婶婶的建议，换了件淡黄上装，黑色长裤过去了。七个同学，唯有哥哥是由父亲陪着来的。哥哥的父亲，见着我们一脸笑，替我们每个人去买了一瓶汽水。那个年代，那瓶汽水很奢侈了。面试是按顺序进行的。我和红一块儿，很有些不安。因为排队的过程很煎熬。队伍在往前移，哥哥排在我们前面，他突然蹦出一句："我不想上师范。"

我一愣。排那么长的队伍，有意拾掇了一下自己，无非是想要顺利通过面试的呀。哥哥的父亲并不知情，待在外面，翘首踮足看着里面的我们。我心里充满恐慌，又有些崇拜。觉得那是一个孩子，站在青春的门槛边，向成人世界发出的一声挑战，而他有意违背父亲的选择，无疑是两个男人，开始并肩站立，哥哥用这样的方式宣告：他可以和父亲对话了。

果真，当我们还在队伍里慢慢前移时，哥哥已经出来了，不无得意："没通过，让我读课文的，我有意读不下去……"

来不及看哥哥父亲的反应，就轮到自己进去了。等我们出来时，哥哥已经被父亲带走了。文章写到一半，贴给哥哥看，哥哥说，当年自己的任性，给父亲添了一堆麻烦。一生不求人的父亲，四下托人，才把哥哥顺利安顿进了另一所中专学校。

那时候我们并不知道。年少的我们，对于命运，尚且懵懂。那时的中专还包分配的，我们这些师范生，都分到了乡镇。哥哥分到市里效益甚好的飞轮厂。仍然记得哥哥的当年，意气风发草长莺飞。和我的大姨姐姐一个单位，是姐姐的顶头上司。姐姐为人处世颇玲珑，和哥哥相处，时不时还可以抬出我和哥哥同学这一层来。少不得听些有关哥哥的近况。那时的哥哥，见过一次，知道装扮自己了，颇有些清朝遗少的味道，光鲜衣着之下包裹着一颗年少轻狂的心。后来还发生了一件颇令我啼笑皆非的事情。

同学中那时成绩略为拔尖的，都读了中专。然后一般多数定向分回了小城。大姨姐姐和哥哥同一个单位，恰恰她自己的妹妹，又嫁给了我和哥哥共同的同学。哥哥倒会自毁形象，跟大姨姐姐倒酸豆子："我要找对象时，你们都没有妹妹，这下好了，我同学要找对象，你们妹妹就多了。"我哈哈大笑。

不知道玲珑剔透的大姨姐姐怎么回答哥哥的，我倒是听出另一番滋味来。一个最现实的问题，当年哥哥们在学校里腾云驾雾叱咤风云的，回到这个社会，就步履维艰了，我听出了哥哥的怅然若失。

再后来飞轮厂红极一时走了下坡路，哥哥离开了厂，有关他的音讯便不再有闻。想不到今年暑假之后，当年散落天涯的初中同学，建起了同学群。一群四十开外的中年男女，突然缩回了年少时光。我在群里正常插科打诨没个正形，某一日我在说："我的小男神呢？怎么没有拉他上线？"然后在群里说了一段往事。

那时，班上特别有意思，男女大防，两个完全对垒的阵地，鸡犬之声相闻老死不相往来。哥哥是后转来的，颇拿这个不当回事。彼时，刚学物理，我是一个头有两个大。每天左手定律右手定律搞得头昏脑涨，考到电路图是整端，压根儿就不懂什么叫并联串联。再听课时，有如天书。一场考试下来，满纸红叉。晚自习前，终于压制不住，大哭起来。哥哥从外面玩了回来，大大咧咧地坐在一边，讲了整整一个晚自习，神了，有如打通任督二脉，那个串联并联就懂了，哥哥随手画了很多电路图考我，用他的方法，屡试不爽。回过头来才明白，所谓顿悟，便是那个意思了。群里严格按年龄大小排序，分出了兄弟姐妹，我在群里煽情地说："那时就特别想有一个哥哥。"我的聊天，都是即时插入的，不看前言，不翻后续。我的两个剑儿，习惯了我说话的假假真真，丁丁说："我都不知道她哪句是真哪句是假？还哥哥呢，肉麻不肉麻？"小说是假散文是真，群里的称呼一律肉麻到家，不是哥哥就是弟弟，不是妹妹就是姐姐，涛走云飞花开花谢，世界原本变幻如花。

又到周末。三剑去溜车。"看哥哥去，蹭饭！"清说。之前有过这个话题，哥哥也许正忙，根本没有搭理我们，我们就促狭地想，果真杀将过去，哥哥会有什么反应？

摇下车窗，我们问路人，报出哥哥大名，可知他的饭店在哪？路人手一指："就是那边县政府。"我以为自己听错了，还区政府呢。这会儿咱是大丰区了。

原来是鲜正府。读过书的人果真酸。丁丁举起手机，拍了鲜正府对面的酒店，传到群里。哥哥警觉地："这是我店的对面！"丁丁继续举起手机，拍我瑟缩在鲜正府的门口，里面的门打开来了，哥哥出来了。

179

哈哈。来不及寒暄，直奔他的厨房，哥哥家方方在忙。让哥哥唤来方方介绍，嫂子居然可以认全我们三个。哥哥不讨喜的性格，永远改不了，指着清和丁丁说，她们两个没变。然后指着我："她老了！"

这不是找踢的节奏吗？哥哥家方方可以点一万个赞，高挑、苗条、干练、勤快、热情、大方、礼貌、周到，飞奔阁楼上拿下瓜子招待我们。哥哥家是个家常菜馆，地方不算太大，两口子忙活再加一个厨师。因为哥哥还要送外卖，三剑匆匆告辞。

车子倒得回头，看到哥哥还站在门外，目送我们。摇下车窗，清悄悄地说："感觉哥哥好慈祥啊！"我哈哈大笑。

谁也没有食不老丹。当年尚粉嫩年少的我们，眨眼就全老了。回头的路上，还要赶去看班长，也没来得及。班群每天晚上是最热闹的时光，忙累了一天的小伙伴们都会上线凑份热闹。夜深人静的时候，常留得三两人。康康是都市人，习惯夜生活。再有就是班长了。班长每日修机器，和工人同作同息，通常忙好了上线都近零点了。然后是哥哥，很率真的一个人，守着一豆灯光，候一两个过路的夜客。然后就是我，文字民工，每日码好我的女网商，都到凌晨。小强哥哥嘱："不要把自己搞得太累。"有时，也是自加压力。身和心，有一样总要在路上。

近日筹办班聚，班长一双手，颇让我们感慨。常年机修，指节粗大变形，手指皲裂干燥。哥哥店门口一辆机车，后座加成宽宽一排，应该是送外卖的装备。生龙小明早早远走他乡，树栋改行律师多年。他们的当年，都是我们中的佼佼者，我和先生脱离了原来的工作岗位，很多亲友都会感叹唏嘘，哥哥他们又何尝不是？当年考上中专跳出农门时，安逸快乐的他们，又何曾想过如今的奔忙和劳碌？

君说，我敬重所有靠自己双手奋斗的人们。我也是。哥哥的店，让我有特别踏实的感觉。当我们还年轻时，我们有一脑子上天入地的梦想，然后慢慢我们就双脚站到了陆地上，亲人的平安、家人的快乐、爱人的依恋、儿女的牵绊成了我们最真的梦。然后一亩薄田一间小店足可以安顿我们一日三餐现时安稳的梦想。

夜已深，习惯仰望星空。星星眨眼，似乎有海浪拍岸的声音。我们都被命运的海浪追逐着。晚睡的康康，发来歌词分享：

那一天
我不得已上路
为不安分的心
为自我的证明
路上的辛酸已融进我的眼睛
心灵的困境已化作我的坚定
……

今夜星光灿烂，仰望星空，相逢一笑，我们都在路上。

一万个来不及

治疗

  三月的阳春，桃红柳绿万物复苏。在去上班的途中，迎春开得灿烂黄艳。我停下车，奔进迎春丛中，举着手机，眯着眼，对着春阳，自拍一张一张又一张。每日来去的桥边，木槿沉睡一冬，正伸出小拳头一般的叶芽，探头探脑着招摇在春风里。我的手机响了，是闺蜜清的。清的声音一贯清雅甜美，清问我："你在哪里？用最快的速度到王医生这里来！"

  父亲肝病几年了。王医生是他的救命恩人，每有不适，去住几天，挂点水，然后便笑嘻嘻地回家了。可是清的声音明显慌乱，我手机吓得一扔，爬上车子，来不及通知任何人，赶到了医院。

  "做个核磁吧，基本也只是确诊一下。这个数据已经很明显了。"那个甲胎蛋白高达一千五了。凭这个其实就可以做决定了。但谁敢如此草率。姐姐也赶到了。开始带父亲做核磁，再做 B 超确诊，又不敢妄下定论，再请南京专家 B 超。父亲从检查台上下来又下去，下去复上来。看我脸色，直说："没病还要被吓出病来呢！"笑着宽慰他："平时不乖，这会儿给我们惹麻烦了。没有大问题，咱们排查一下。"

一病区王主任找了我们谈话，让我们拿出方案。目前还可以去大城市看，情况不乐观，如果去，及早安排。几乎一瞬之间，姐姐就做出了决定："带爸爸去上海！"

治疗的路，不忍回顾。第一次微创消融四天。回得家来，吃了两个月药，复查，又长出来了。再次去上海。这次就不轻松了。整整一个月，治疗期间，父亲的并发症全面爆发，腹泻不止，咯血，高热，腹水。清和锦凤打电话给我："带回家吧，别让爸爸遭那份罪了。"

我的父亲，生病才两个月，我最要好的姐妹，跟我用的词是，带回家临终关怀吧。我哭倒在上海街头。跟父亲进行了艰难的谈话。第一次直面 CA 这个话题。父亲暴跳如雷："要是做，也做下来了！都是你们，反反复复的！"我和姐姐都听懂了，回家是真的心有不甘哪！父亲一生最让我们拥戴的，就是脾气好。老来却像炸弹，一引爆就着，有时，人不惹他，还会自燃。那个直线加速器，看上去只是一道红光，不动刀，不动枪，没有血，没有可怕的响声，却像一台榨汁机一般，眼见着榨去了父亲身体内的水分、元气、精力，甚至走路的力气。那边在唤父亲的名字，父亲脱去所有的外衣，只余一身内衣裤，振作精神朝里迈去。那个通道狭且长，父亲精神抖擞地只身一人，往里走去。瘦得只差风一吹就要倒了，头发还乌着，头骨却瘦得支棱着。我在后面目送，泪水哗哗而下。通道的尽头，是父亲活下去的希望，看到那么多对直线加速器褒贬不一的评价，我总相信，疾病面前，拼总比不拼要好，战斗才有希望，躺倒等待算什么英雄好汉！父亲从治疗室出来，我一步跨上去扶住他，他像凯旋而归的勇士："明天又能来一火！"

出得院来，我们加快了求医的步伐。西医只能把长出来的肿瘤一个接一个地消掉，不能阻止新的生出来。中医理论上可以。清和锦凤，长年医护此类病人，她们说："不要信那些秘方一类的，中药也是徒劳。让他开开心心活到最后。"她们怎么懂？我这么感性的一个人，如何能接受并理解她们理性的忠告？我跟朋友说，我是巫医并进，只要是看到对这个病有一点好处的药方、治疗方案，拿爸爸一一实践。爸爸开始都满怀信心地配合，病在他身上，一段时间后，断然拒绝服用那些药物。再做工作，这些是中药，效果慢，得长期坚持。直到有一天，爸爸肚子大得发亮，我才意识到，这些治疗，或许对别人有效，对他，肯定没用。

朋友的母亲也是这个病离世的。朋友跟我说："父亲挺不过今年，你要有思想准备。"我立马跟朋友翻脸了。我们带出去看，最长一个病友30年了，人家还活着，活过20年的有，三年五年的有，十年八年的有。我们带着父亲一路奋进，少说也会有个三年两载的！

一个从前做镇长的，50多岁上患了这个病，九个病友，八个走了。只有他，活到了70岁。研制出一种药丸，送走了自己的肿瘤和硬化，一次次化验，他成了正常人。每次去人民医院复查，医生都惊叹他这个奇迹。他把这个药丸奉献出来治病救人。我们带爸爸到了那里。爸爸开始听那种药丸，还没说话。听到让他念数字治疗这个病时，直接拍案而起："谈不起来，不要说一天念八个小时，八分钟也不可能。"镇长尴尬在原地。我们母女三人群起攻爸："得了这个病，信什么不都是没办法的事，你怎么这么沉不住气？"

我在网上买了所有肝病护理的书籍。订阅了几个专门的公众号。搜各种视频，开始替父亲穴位治疗。买穴位袜子，脚踩的石头。研究养肝的营养食谱。家里堆满了三七粉灵芝孢子粉富硒康。父亲饮食很少了，每天光服这些药，就远远超过了食物本身。他依然完全自理。上午买菜、浇花、做午饭，下午到小区打牌。晚上我们去看望他，检查他一天的作息和吃食，他却变得让人越来越不敢靠近，动辄发火，一发便不可收拾。妈妈说："都是你们平时惯着他，人家得病，都为没钱看吵，为没人伺候吵。我们家这么重视，他还不称心，惯养惯养，阎王老爷疯抢！不要拿他当回事！"

我和姐姐减少了去的频率。不是因为妈妈这番话，是真的怕了吵架。就不能好好跟他说句话。陪他去看他去世的小姑。他当时在上海治疗，没赶得上丧礼。一出院，我们姐妹就带他去看姑奶奶。第一天在他床前，商定了，人家事情完毕了，我们就去看一下，带些水果给姑奶奶家女儿，不便再带其他祭奠物品了。他一早带了茅台酒，带了中华烟，然后去菜场买各种供果。看到我车来，他扒上车子。我在等姐姐，姐姐买了很多水果随后上来了。爸爸看到姐姐那么多水果，开始炫耀他带的酒和烟。我和姐姐同时柔声说："乡俗大于天，一般丧事完毕的，不能随便做这些活动。我们买水果是带给他们家人的。"爸爸开始跟我们一路吵闹，闹市口，拉开车门，直接要跳下车去。说我们不拿他当人，没跟他商量。我和姐姐相视无语：第一天商定的东西，他直接不认账了。

我们只知道跟他据理力争，回过头来才知道，我的父亲，行动正常只是假相，他已经病得很重了。记忆减退，前说后忘，肝火特别旺，这些都是病重的表现，我在心里甚至恨恨地说：果真有作死一说呀，一个好好的人，怎么就变得如此不可理喻？

吵架

吵架成了我们每天的功课。有事情会跟我们吵，没事情也能找出事情来吵。锦凤说：这种病，肝火旺易怒也是病情发展的一种表现。我妈跳脚："你们不知道！他一辈子说话就这么噎死人！让谁都可以，跟他，寸步不让！"

为了扳下他的无理取闹，妈妈直接搬去了厂里。爸爸半夜电话进来，我和姐姐夜里去找妈妈。到哪里才能找到？厂区那么大，夜深不见底，又怕惊动了旁人。姐姐突然咬牙："回家！真这么作，我们也不必再管了！"

凌晨四点，我就开车到了厂里。妈妈一人在田里做活。我声泪俱下："我知道，爸爸一辈子游手好闲，妈妈没有错，每次吵架，都站在妈妈这一边。可是，现在我求妈妈了，他这么大的病，活多久，都是说不清楚的事，求妈妈忍气吞声让爸爸一次。"

回得家来。继续吵架。我们都忽视了一件事，父亲身体没有明显不适时，会谈笑风生，跟我们讲各种段子。可是，当他身体很不舒服时，他从来没有告诉过我们一句，从来没有提过他的病，只会逮着我们就骂。那天半夜，我从梦中被电话叫醒，妈妈泣不成声："像这个样子，他自己没死，我就要被气死了！"姐夫在医院拿钢板，下午药物过敏，我陪姐姐一直在那里，好容易才脱离险情，这会儿我累到极致了，我求妈妈："妈妈，不要再吵了。姐夫那个样子，我们家就太平一点好吗？"妈妈搁下了电话。那夜，幸好妈妈没有出走，夜里，爸爸开始了高热。妈妈慌得喂下退烧药。我正准备去看爸爸，婆婆生病住院了。到约定的打小针时间了，爸爸烧退了点了，跟我说："你照顾婆婆吧，我自己坐公交车去。"我思前想后，实在不忍，一早，我开车把父亲接到医院。来得有些早，爸爸等了一会儿，我料理好婆婆那头，又到爸爸打针的地方，医生告诉我，爸爸自己坐车回家了。我还在宽慰，坚强才有希望，爸爸真是好样的！

婆婆病情不凶险，但疼痛来得汹涌，我寸步难离。爸爸白天一人在家也不知道怎么度过的，晚十点，妈妈电话来了："你爸爸吐血了！接爸爸去医院吧！"我一边电话先生接爸爸来医院，一边电话清，全乱套了。清第一时间安排好了急救，我推着个轮椅到大门口接爸爸，爸爸身穿深藏蓝西装、白衬衣、黑色皮鞋，一尘不染，淡定从容地从车上下来："不要慌，情况没坏到那一步呢！"

进了病房，所有救护措施全上了。爸爸也开始领略到这个病得厉害。先是大口咯血，然后是拉血，反复不停。我和姐姐不停被医生叫去谈话。真正不可思议，那么一个神气的人，转瞬间像被拔去气门芯的轮胎，爸爸在说："乖乖！这么难受！"这是他生病以来第一次说难受。医生说，如果白天还止不住血的话，就只能带回家了。妈妈开始征询他的身后事，爸爸一万个不甘心："知道会有这一天，不相信会这么快！我要去和阎王爷理论！"

气化清风肉化泥

到现在，我和姐姐都不知道，我们如此积极地治疗，对了还是错了。10月29号上午，爸爸挂水，我陪护。丁丁电话进来，30号蒋大为来丰演出，问我有没有兴趣听，她送票来。我还没来得及反应，爸爸就抢着应了："我去！"丁丁在电话那头哈哈大笑。在她看来，爸爸卧床多久的人了，还有兴致这个吗？有朋友来探视爸爸，爸爸朗声应着："下针回家洗一澡，明天晚上去听歌！"

我附在爸爸耳边求他："咱不回家，在医院里养点元气，明天好去听歌，回家再有个反复，就麻烦了！"爸爸又烦躁起来："死了！洗个澡就死了！"我一吓，赶紧闭嘴。再阻止下去，又是一顿大吵。妈妈也在帮腔，就让他回家看看，洗个澡，不舒服了就不在家过夜。我没有再坚持，把爸爸送到家。中午浴室不开门，我嘱妈妈，下午我不来送了，你要陪好爸爸。

我自己去店铺忙了一会儿，也洗了澡，晚上正好朋友叫吃饭，我有意放松一下自己，医院待久了，快憋坏了。

到得家来，姐姐电话就来了："爸爸又吐了，你赶紧开车去接，我直接往医院去。"这一次就没有第一次抢救幸运了。先是判断不出，他是吐血还是普通呕吐。妈妈清楚爸爸吐的什么，又忌讳说出口，连我们都没有告诉,值班医生以为是炎症,开一小袋水让爸爸挂下去。深夜,我被妈妈追回家睡觉,姐姐在爸爸挂好水后,也被追回家了。凌晨五点,我到那边一看,爸爸腹泻是血,吐的也是血,赶紧找医生。救护的仪器又挂了上来。主任上班,看是陈旧性出血,也没有像第一次那样严禁饮食,只说可以喝点米汤。因为第一次出血救过来了,这一次我们也没有太当回事。中午的时候,爸爸一直没有小便,有些着急。我去找医生,又是只是值班的。小伙子插了个导尿管,两次没有插进,换了一个外科医生来,才成功。可是依然没有尿。我是个太乐观的人,从那个时候,爸爸就突然变了一个人,我还没有察觉,他频频要求下床,他以为像从前一样,站着就能尿出来了。几次搬动,导尿管那里出血了。我慌神了,再也不想求助那个小医生了,电话我的清,清让护士来查看,是插入时的外伤。我还没有意识到严重性,有朋友来看爸爸,爸爸背诗文:"人生一世非容易,气化清风肉化泥。"气息微弱,吃力万分,我听了心疼,转移话题,他继续说:"我这样子就是日薄西山,气息奄奄。"只有我熟悉他,能完全听懂,朋友没有听见他说什么。朋友匆忙告别走了,爸爸开始烦躁不安,被子全部掀开,直说:水,水!我只肯用棉棒沾点水给他,我哄着他:爸爸,要坚持,挺过来就好。水喝多了,腹水又没命了。爸爸很乖,用舌头逮我蘸过来的水。

  我趴在他耳边,我唱歌给他听:"十五的月亮,照在家乡照在边关……"这首歌是爸爸教的,那年我14岁。他带我去农场,拉我唱这首歌,四下炫耀。我又唱:"九九那个艳阳,天哪哎哟,十八岁的哥哥哟坐在河边……"当年爸爸三十出头,正是人生最好的年华,玉树临风俊朗彪悍。新自行车骑得飞快,歌声飘得满村都是。

  爸爸在我的歌声里朦胧睡去。妈妈小睡片刻醒来了,我跟妈妈说:"我回家拿床被子,换身衣服来。今晚要陪老爸了。"我还没意识到问题的严重性,我只是隐约感觉到,我需要争分夺秒陪我的爸爸了。睡在他身边我踏实。我刚到家,还没来得及吃饭,姐姐电话就到了:"我来买白蛋白了,你问一下清,出血可不可用的。现在不可以用,留着以后吧。"我继续电话清。清说,等会儿请吴主任来看一下。我扒一口粥,和先生就赶往医院。到那里,我们就全慌神了。爸爸全然没有了早晨的清醒和神气,只是张着嘴,要喝水。被子根本盖不住了。白蛋白分两次挂下去,尿依然没有。爸爸捧着肚子,声音小得像婴儿:"要尿尿。"我和姐姐眼泪千行:"爸爸不急,白蛋白挂下去,小便就有了,还有半个小时。"姐姐吩咐我老公:"去把姐夫带来看爸爸吧。"我也意识到不对头了,姐夫钢板拿掉还没能下地,情况不严重,姐姐不会让我老公带来看爸爸的。爸爸已经不说话了,感觉他很难过,翻来覆去,嗓子烧得发不出声音了。姐姐把爸爸顺进自己的怀里,爸爸头埋在姐姐怀里,一动也不动。人瘦得只有皮包骨头了,头皮历历可见。头发已经一点光泽也没有了。姐姐断然把爸爸交给我,和妈妈上街去找理发的。那么晚,根本没人肯来病房。姐夫被接来了。安置在爸爸边上的病床上。姐姐和我先生回家拿推子,自己动手帮爸爸理发了。妈妈开始查点爸爸的衣服,里面还有套头的羊毛衫和棉毛衫,妈妈轻轻地用剪刀剪了抽了出来。

  爸爸偶尔伸伸舌头,要水。我劝爸爸:"再喝点米汤吧,喝了就可以尿出来了。"两次白蛋白挂下去,依然没有尿。王主任过来了,要求抽血看肾功能,护士到处抽,就是抽不到血。王主任从动脉里抽出一小管,那个化验数据对我来说,完全不懂。我现在都想不起来,那个时候我在哪里?哦,在等化验单。王主任什么时候走的,我也不知道。后来就只有值班医生了。先是两针速尿,再是四针,那时已经是31日的零点了。医生说:"再等半小时,没有尿,我们的抢救措施就全用完了。"医生建议可以转去人民医院,前提是,人家肯收。外面的雨,下个不停。姐姐和我先生,奔向人民医院。人民医院拒绝了。小姨弟弟来了。爸爸已经不怎么说话。看到弟弟,喜出望外,气若游丝:小军,你可有办法?

  弟弟赶来时,是准备来放弃治疗的,一听这话,急忙联系120。弟弟无望地转向我:"一共三辆车,都在外面。"

雨越来越大,漆黑的夜,漫长得令人绝望。我打12345,我泣不成声:"急救车还能没有,等你们有车时,我就没有爸爸了!"12345正在协调时,弟弟那边也联系上了,几乎在一瞬间,我们娘儿仨就做好了转去盐城的准备。姐姐眼圈红了:"不能不救,我爸这么清醒!活鲜活跳的。"

一路上我们附在爸爸耳边,告诉他出市区了,到高速了,到盐城就有人救你了!可是到了盐城,人家清楚明白地告诉我们,这样的抢救毫无意义,就算做血透几天后,他仍然会进入休克。姐姐泪水滂沱而出:"我们跟爸爸怎么说?"我朝姐姐摇手。这会儿还要跟我爸爸说什么?

回家的路上,爸爸安静得很。不再翻滚。姐姐哭出了声。凌晨四点的样子,我们回到了中医院。我跟姐姐说,带爸爸吸根烟吧。

为吸烟,家里吵得烟雾尘天。我们天真地以为,我爸只要听话,只要不抽烟,这个病就能治好,就能陪着我们天长日久。这会儿已经没有意义了。可是爸爸根本抱不起来,也坐不直了。拖到马桶上,根本没法吸烟了。我们把爸爸重新搬到了床上。

缓了会儿,爸爸开始要水。我们用小勺往嘴里灌水。爸爸用手摸衣袋,我把妈妈放进去的一大把钱,替他掏了出来。爸爸睁大了眼睛,看到了满把的钱,摸索着要放回去。我帮他放回身上。爸爸嘴在动:香烟。我手忙脚乱地撤走了氧气瓶。爸爸又说:打火机。我把香烟点着,放到爸爸嘴上,爸爸拿在手上,猛吸了一口,发出满足的叹息声,香烟往旁边一扔。至此,爸爸再没有发出任何一个音节。天大亮了。又是周一了,医生开始了正常的上班。我的爸爸却陷入了重度昏迷。王主任说:"你们怎么拔掉那些管子了?"不是我们拔的,是那里面的药水挂完了,爸爸的情形也不对了,再插在身上还有什么意义?只有氧气,我们一直没舍得拔。小姑从几十里的乡下赶来,看到爸爸那个模样,抱着大哭出声,爸爸睁开眼睛,泪水沿着眼角,滚了下来。

王主任问我怎么打算的?我还能怎么打算?

再回到病房里,爸爸一口气慢似一口气,几分钟都接不上第二口气,小姑慌得把爸爸往地上搬，下地的瞬间，我看到爸爸眼中的光亮，刹那间灭了，我狂叫着：爸爸！爸爸！我手机也扔了，眼镜也扔了，我一屁股跌坐在地上。我跪在爸爸面前，不敢相信地唤着："爸爸！"五内俱焚。但见我的父亲，这个把我带到人世的至亲至爱的男人，一步步离开了我们。永不回来。

一万个来不及

春天查出来后，我就感觉到我来不及了。我带他在周围的景点转。我们送他两次去上海看病。我帮他拍一张又一张照片，帮他洗出来，供他时时炫耀。帮他买一盆一盆的花，告诉他，养花修身养性，花养得好，你人就好。买漂亮的白衬衣。几年了，都帮他买的老人衣服。他把从前家里的白衬衣，已经洗不白了，洗得衣领发毛，我把那两件很贵的白衬衣递给他，他心疼价格，我告诉他，我能挣到钱，从前限制他用钱，是怕他买酒买烟。给他买软底皮鞋。几年前买过一双，这两年忙公公和婆婆，一直没有顾上他，顾上他时，发现那双皮鞋已经断底了。心疼我买的鞋太贵，忙买两双便宜的贴补着穿。帮他买计步器，买鹅卵石跑步垫，买橄榄油，买各式补品，买水果，买对肝病有好处的食物。就在九月初，姐姐要去天津看儿子，妈妈让带爸爸坐飞机一起去。我和姐姐开玩笑，我出钱，你出力，带爸爸去玩一趟。姐家儿子真是好样的。吃住行，安排全很到位，脚脚都是包车步步都有缆车。爸爸连来连去四天，接机时，得胜归朝一般朝我挥挥手，我抱着老帅哥喜极而泣。

跟爸爸约好了，明年春暖花开时，再带他去上海手术一次。身体允许，带去台湾玩一圈。还让姐姐带他去。帮他把自己种的所有的花，换成欧月，那种长得像包子一样的花，又大又香。他羡慕大姨父，外孙工作后买了一条九五之尊孝敬老人家，鼓励他，到时两个外孙都会买，姐姐怕来不及，在医院大门口先买了一包给他，姐姐知道他喜欢摆场子：

"咱这次不摆，就自己吃。慢慢享用。"爸爸这个口袋藏到那个口袋，拆封都没舍得拆，直到第二次出血进院，还没记得带来。

他喜欢泡澡，我允诺：自己开车，带他去秦潼温泉。他的朋友，生日那天给他送花来，还没答谢人家，我说，带着他，买上礼物，登门向人家感谢。一切都来不及了。那个野生的甲鱼，还没拿到家。那个刺猬，他自己杀了，还没做，放冰箱里说等好了，回家吃的，小姨父偷揣给他的中华烟，拆封才吃了一支，一切都来不及了。我约他，好好跟我活着，71岁咱们到和平饭店去热闹一下。他跟姐姐说：还要帮姐姐带孙子。一切都来不及了。

换一个地方爱你

一直不敢想象，没有了爸爸，会是怎样的日子？其实，人是在慢慢适应失去的。八个月来，我没有一天不在担心爸爸的离去。从爸爸查出大病时，我才开始用父亲这个词汇。从前都是卷着舌头唤老爸，老吴头，爸比。他的生日，就是第一次出院时补办的。端午节在医院过的。我儿子的生日他也在医院。我的生日，就没有敢劳动他老人家了。八月半在医院过的。如此频繁进出医院，我的爸爸，那个被我称作虚荣的老头，一直扮着健康的假象，没有在我们面前说过一句软话，没有告诉我们一声他难过。但凡有点精神，都是自己振作着，买菜、做饭、养花、打牌、洗澡。别人看他风吹要倒的模样，吓得问他，他都说自己好好的。最后一次来医院，还是自己下楼梯自己坐上我的车。他是那抔火，风吹来的时候，都振作着让自己燃得更旺，没有想到，最后一阵风太大，而他，又是如此羸弱，未及挣扎，生命之火直接被吹熄了。我跺着脚大叫："我是好好带我爸爸来看病的，怎么可以这样？！"

怎么可以在一天之后，我的爸爸躺在了红被之下，乱花丛中？唢呐声声，我的心揪成一团，就在两个月前，我带他检查身体，远处的唢呐声隔着医院的围墙，抛了过来。爸爸说："下次就轮到我了。"猝不及防的我，泪水夺眶而出。这会儿，唢呐声响，他心心念念的亲友都在往他这里赶。他却不再递烟，不再招呼大家吃饭，只要有一个人来看爸爸，我的泪水就如决堤，我的父亲，昨天还在背诗的！我求他睁眼看一眼我们，求他不要这么残忍，他活着我就是他捧在手心的小公主，他捧着的双手松开了，我在哪里？我晕了过去。

因为有第一天的晕倒，后两天我成了大家重点监护对象，我被他们隔离开来。火化的那天，我求他们，让我再惯一下爸爸，让我再替爸爸洗把脸，他们断然拒绝了。推进去火化时，他们怕我情绪太激动，拖着我离开，我火了，哪来的这么多规矩？我要再看爸爸一眼！白布被无情地扎了起来。

送葬归来。我再次住进了医院。我不知道，别人是怎么挺过来的。我不知道，我可以用什么方法排解这份剧痛。先生难过极了，盯着我：你要是三长两短了，我和儿子怎么办？我有些难过，我到底自私了。妈妈被姨妈们寸步不离地盯着，妈妈说："我不怕呀。我要把他带回家还搭伙，我就当他出去打牌了！他一生就喜欢在外面玩！"

一语点破梦中人！我的爸爸只是出了远门，我的爸爸只是换了一个新地方居住！我还可以像从前一样爱他，我还可以像从前一样想他了就去看他，我要把他的新家，重新用花花草草打扮起来。

还是相信爱情

爸爸说，好在有病，这么多好东西！今年什么都超历史了！心满意足了！飞机在九月，到底拼着老命坐了一趟，去了长城，看了天安门，一早四点爬起来看升国旗。姐姐说，一直以为他是个软弱的人，最后这一遭，刷新了对他的所有看法！

一周前的肝昏迷，让他彻底成了一个迷智的婴儿，吃喝拉撒都被我

193

们捧在手掌心，也感谢那场昏迷，让我们看到了他坚强外表下面的绝望无助与绵软。筷子、碗都不认识了。一个劲地要毛巾，要了毛巾，要自己的手，自己的脚。夜里十点时，灌肠后的他才睡了一个小时。小睡之后，人就清醒了过来。妈妈喜不自抑，扶爸爸躺下时，亲了一下："这才乖！惯呀，睡醒了就好了！"

妈妈自己可能也没有觉得自己语气的改变，这两个吵了一辈子的冤家，终于在父亲生命的最后时刻达成了和解。我的长篇《还是相信爱情》写得更多的是母亲。他们的爱情里，父亲一直游离在外，母亲付出较多。那样的两个人，确实有众多不合拍。父亲病已经很重了，母亲告状，让他安心在家养病，偏偏跑出去打牌，父亲辩：不打牌，就躺着等死？现在想来，看起来柔弱的父亲，一直在家人和外人面前，扮着没病的假象。老早就双腿无力了，我却鼓励他，要多锻炼，要相信医生可以救他。只要能下地，他就做出那番洒脱，做好吃的，每每我送东西回家，忙着向牌友炫耀。父亲最后吃的最多的是南瓜，妈妈地里长了很多。父亲气结地拎给我看："你妈就把这种瓜带回来给我吃，我还能吃多少？"南瓜还没全红，形状歪七倒八，头子坏了一半。

妈妈一生粗疏，力气大，只顾埋头在田里干活。父亲精致细腻，浪漫多情，两人三句话说不到一块儿。我做爸爸工作："我们吴家是一个大家庭，爷爷奶奶懦弱，你之下的几个兄弟成家，都是妈妈一手操办的。爷爷奶奶一生不会表达。你要蒙妈妈的情意。你不需要做什么，你活得更久一点，多陪妈妈几年，就是报答。"父亲拉着妈妈的手说："我们吵了一辈子，我帮你洗衣服帮你做饭，就是报答了。"最后的时刻，父亲清醒，却异常绝望，脑里有数，嘴上却不再能说话。妈妈唤他："吴生，带你回家啊。回家还吵架呀。你还帮我洗衣服呀！"父亲徐徐地点头，之后气息越来越弱。只余我，惨烈的呼唤，撕破周一的长空。

我的父亲，从此永生。

他栽下的花草，株株盎然。杜鹃开了满盆。

古来大书家　分明是恶狠狠的吃货呀

1

我们乡下，有食苦的传统。

孩子出生，开吃之前，先用黄连抹一下嘴。新生的儿，眼还闭着，哇哇哭着，嘴张好大，寻觅吃的。催生婆拿手指蘸足黄连，往他嘴上一抹，小嘴立马逮着，咂巴开了。过了一会儿，这才重新哇哇大哭，被苦哭的。这才抱他过去，到妈妈身侧，他并不懂上当的，依旧逮着食器，加油吮吸，这下不哭了，发出咕吱咕吱的满足声。

对这种做法，说法不一。比较通用的说法是：先苦后甜，以后的路越走越宽阔。还有一说法，便是这样的一口苦气，可以保得好久的健康。

到我们生儿子时，到底没有肯让老一辈的人这么折腾小人儿。

2

其实越往古代，越讲究养生的。这完全可以理解。古代医术毕竟不发达嘛，看红楼梦，真正怕人的，小林吧，最多是肺结核，死了。贾瑞吧，只是想凤辣子的心思，夜里出去了一趟，被粪浇了头，回来洗了个凉水澡几下折腾竟然把命送了。那个秦可卿，语焉不详的，最多是个什么妇科病吧，也送命了。最冤的是那个晴雯，不过是夜间受了寒凉，抄家又受了点夹棒气，被逐回家居然生生送了命。那么古人就研究养生保命。文人更是有趣。说那个苏东坡，一路几经贬谪起起伏伏，可是娇妻美妾倒是不离的。那个朝云，才二十五六岁的年纪，苏老却到了风烛的残年。保命要紧的，就和朝云相约，各自修行，各居一室。想想喷饭，那胡子白花花苏子，要这么娇美的小妾做什么呀？苏子被贬的一路研究了种种抗病防病的独家秘方。可见，这有知识有文化的人，更是要命。

请看一帖。关乎养生保命的："苦笋及茗异常佳，乃可径来，怀素上"怀老先生挺逗的，猜想中，一定是忙什么俗事太累了，一想起某个友人答应过要送他苦笋和茗茶的，直接操笔就写上了："苦笋和茶都是极好的，这会儿我正好有空啊，你可以多多地送来，不必拘礼！"写完了肯定笔往墨盏里一扔，侧头自我欣赏了一番，想想又添三个字："怀素上。"

怀素之功，岂是常人可比？不过是张嘴要人家苦笋的便条。可是越到后来，越见珍贵，若干年后，竟成了保留至今可数的原迹之一了。斯人已去，碑帖长留，十四个字肥瘦相宜，一气呵成流畅生动。中锋用笔轻重合度。端的是体迅飞凫，飘忽若神。凌波微步，罗袜生尘。后一行字几乎一笔写成，荡气回肠。这和杨凝式的韭花帖书写场景何其相似！那人也是一觉醒来，看到友人送来的韭花，就着小肥羊吃着香香的韭花，来不及抹嘴，就写下了韭花帖，被传颂千年。看看这些吃货们！

3

　　说到吃货，再要说到吃苦笋的吃货，就一定要提到黄庭坚了。黄庭坚在怀素之后了。他吃这个苦笋，讲究便多去了。一来，跟人要笋，有诗做证：

　　南园苦笋味胜肉，
　　箨䇹称冤莫采录。
　　烦君更至苍玉来，
　　明日风雨吹成竹。

　　朋友朋友你快点把笋给我送来吧，要不一夜风雨，我的笋怕已经成了青青的竹子了。

　　然后专程写下《苦笋赋》。写吃苦笋：甘脆惬当，小苦而及成味。温润稹密，多啗而不疾人。吃吧吃吧多吃不是罪，虽然刚入口有些小苦，之后便能回味出甜意了。然后还能吃出哲理来：盖苦而有味，如忠谏之可活国；多而不害，如举士而皆得贤，良药苦口吃个普通笋也可以一通道理出来的。

　　书法家里吃货多，那个王献之的鸭头丸帖。那个倒不是推荐吃鸭头的。说那个鸭头丸效果不好。让到时当面请教。后人叹服那个字，笔锋灵巧变化多姿，方笔、圆笔、侧锋、藏锋都有。章法上更是萧散疏朗，洒脱不羁。

　　还说黄庭坚的苦笋。黄是果真爱得紧，细细碎碎地道来，反反复复念叨。先说自己喜欢吃苦笋，然后说喜欢的原因。然后联想到国家用人，然后又说，当地人传，不可多吃，多吃会有什么什么样的症状，他以身试笋，又得出一番哲理，任何事情，不能听人家说，可信就可信，亲身尝试一下的勇气都没有。得出下士中士上士的区别。然后又送一句千古良训：但得醉中趣，勿为醒者传。

黄庭坚的字特征鲜明，中宫收紧，结体伸展。颇像勇猛直前的武士，长枪大戟又智谋双全，进退自如。几乎每一个字，都有一笔特别夸张的长笔，有如向人豁然伸出的长拳，防不胜防中忍俊不禁。

4

小儿高二时，突发奇想，埋头书法。一个暑假，没有挪窝，字竟也写得有几分模样。某一日，我正在外面忙活，电话那头期期艾艾地传来他老人家的声音："妈妈，你打开QQ。"打开一看，标准褚遂良体，一张"余需帖"赫赫在目："余需：大白兔奶糖一包，口香糖少许。可乐一瓶。蛋糕一个。薯片虾条若干。引弦上。"

秾纤得中，修短合度，肩若削成，腰如约素。

霍！历代大书家，分明都是恶狠狠的吃货呀！

收好"余需帖"，坐等2.07亿元的天价。